JN178096

空の青さをみつめていると

谷川俊太郎詩集 I

谷川俊太郎

角川文庫
21294

目次

二十億光年の孤独

六十二のソネット

I

落首九十九

二十億光年の孤独

〈一九五二年〉

はるかな国から——序にかへて

三好達治

この若者は
意外に遠くからやつてきた
してその遠いどこやらから
彼は昨日発《た》つてきた
十年よりもさらにながい
一日を彼は旅してきた
千里の靴を借りもせず
彼の踵《かかと》で踏んできた路のりを何ではからう
またその暦を何ではからう
けれども思へ
霜のきびしい冬の朝
突忽《とつこつ》と微笑をたたへて
我らに来るものがある

この若者のノートから滑《すべ》り落ちる星でもあらうか
ああかの水仙花は……
薫《かを》りも寒くほろにがく
風にもゆらぐ孤独をささへて
誇りかにつつましく
折から彼はやつてきた
一九五一年
穴ぼこだらけの東京に
若者らしく哀切に
悲哀に於て快活に
——げに快活に思ひあまつた嘆息に
ときに嚏《くさめ》を放つのだこの若者は
ああこの若者は
冬のさなかに永らく待たれたものとして
突忽とはるかな国からやつてきた

生長

三歳
私に過去はなかった
五歳
私の過去は昨日《きのう》まで
七歳
私の過去はちょんまげまで
十一歳
私の過去は恐竜《きょうりゅう》まで
十四歳

私の過去は教科書どおり
十六歳
私は過去の無限をこわごわみつめ
十八歳
私は時の何かを知らない

運命について

プラットフォームに並んでいる
小学生たち
小学生たち
小学生たち
小学生たち

喋《しゃべ》りながら　ふざけながら食べながら
〈かわいいね〉
〈思い出すね〉
プラットフォームに並んでいる
おとなたち
おとなたち
おとなたち
見ながら　喋りながら　懐《なつか》しがりながら
〈たった五十年と五億《おく》平方粁《きろ》さ〉
〈思い出すね〉
プラットフォームに並んでいる
天使たち
天使たち

天使たち
天使たち
だまって　みつめながら
だまって　輝きながら

絵

わたれぬような河のむこうに
のぼれぬような山があった
山のむこうは海のような
海のむこうは街のような
雲はくらく——
空想が罪だろうか

白いがくぶちの中に
そんな絵がある

春

かわいらしい郊外電車の沿線には
楽しげに白い家々があった
散歩を誘《さそ》う小径《こみち》があった
降《お》りもしない　乗りもしない
畠の中の駅
かわいらしい郊外電車の沿線には
しかし
養老院の煙突もみえた

雲の多い三月の空の下
電車は速力をおとす
一瞬の運命論を
僕は梅の匂いにおきかえた
かわいらしい郊外電車の沿線では
春以外は立入禁止である

祈り

一つの大きな主張が
無限の時の突端《とったん》に始まり
今もそれが続いているのに
僕等は無数の提案をもって

その主張にむかおうとする
（ああ　傲慢《ごうまん》すぎる　ホモ・サピエンス　傲慢すぎる）

主張の解明のためにこそ
僕等は学んできたのではなかったのか
主張の歓喜のためにこそ
僕等は営んできたのではなかったのか

稚《おさな》い僕の心に
（こわれかけた複雑な機械の鋲の一つ）
今は祈りのみが信じられる
（宇宙の中の無限小から
　宇宙の中の無限大への）

人々の祈りの部分がもっとつよくあるように
人々が地球のさびしさをもっとひしひし感じるように

ねむりのまえに僕は祈ろう
（ところはすべて地球上の一点だし
みんなはすべて人間のひとり）
さびしさをたえて僕は祈ろう

一つの大きな主張が
無限の時の突端に始まり
今もなお続いている
そして
一つの小さな祈りは
暗くて巨《おお》きな時の中に
かすかながらもしっかり燃え続けようと
今　炎《ほのお》をあげる

かなしみ

あの青い空の波の音が聞えるあたりに
何かとんでもないおとし物を
僕はしてきてしまったらしい

透明な過去の駅で
遺失物《いしつぶつ》係の前に立ったら
僕は余計に悲しくなってしまった

西暦一九五〇年　三月

まるでドラムすり打ちの
不安のテエブルで

朝刊をパイプにつめ
（それは全く苦《にが》い煙）
さて朝食には
嘲笑《ちょうしょう》を食おうか
祈りを食おうか
と考える

僕
卑怯《ひきょう》なる無存在
地球
矮小《わいしょう》なる厖大《ぼうだい》
そして
歴史がレエダアもなしに
波状飛行を続けている

郷愁

その花片は
海岸のビルの八階あたりの窓から
ピアニシモのアルペジオで僕に散りかかってきた

すべり出す明るい色の新型車
J・P・サルトルの実存主義
そして泡《あわ》立つ一杯のアイスクリイム・ソオダなど――
それらのすべては沈んでゆき
ただそれこそ澄明な秋の高原だけが
ひそかに僕を抒情した

雲に近い街――

午後の海は
たちまち一枚の絵葉書である

宿題

目をつぶっていると
神様が見えた
うす目をあいたら
神様は見えなくなった
はっきりと目をあいて
神様は見えるか見えないか
それが宿題

周囲

昨日の奥の十億《おく》年
明日の奥の十億年

アンドロメダ星雲とオリオン星雲との
地球に関する事務的な会話

机の下のヒヤシンスと
おやつのチョコレエト

せいぜい無限ほどの体積しかもたない
人間の頭脳
しかるが故《ゆえ》の
感情の価値

はる

はなをこえて
しろいくもが
くもをこえて
ふかいそらが

はなをこえ
くもをこえ
そらをこえ
わたしはいつまでものぼってゆける

はるのひととき
わたしはかみさまと

しずかなはなしをした

博物館

石斧《いしおの》など
ガラスのむこうにひっそりして

星座は何度も廻り
たくさんのわれわれは消滅し
たくさんのわれわれは発生し

そして
彗星《すいせい》が何度かぶつかりそうになり
たくさんのお皿などが割られ
南極《なんきょく》の上をエスキモー犬が歩き

大きな墳墓《ふんぼ》は東西で造られ
詩集が何回も捧げられ
最近では
原子《げんし》をぶっこわしたり
大統領のお嬢さんが歌をうたったり
そんないろいろのことが
あれからあった

石斧など
ガラスのむこうに馬鹿にひっそりして

二十億光年の孤独

人類は小さな球の上で
眠り起きそして働き

ときどき火星《かせい》に仲間を欲しがったりする

火星人は小さな球の上で
何をしてるか　僕は知らない
（或はネリリし　キルルし　ハララしているか）
しかしときどき地球に仲間を欲しがったりする
それはまったくたしかなことだ

万有引力《ばんゆういんりょく》とは
ひき合う孤独の力である

宇宙はひずんでいる
それ故みんなはもとめ合う

宇宙はどんどん膨《ふく》らんでゆく
それ故みんなは不安である

二十億光年の孤独に
僕は思わずくしゃみをした

五月の無智な街で

ここいら余りの色彩の浪費に
初夏人類という分類がある

スナップ・ショットたちが流れてゆく
とりどりの風景をおたがい秘密にしながら
みんな自分の宇宙でお洒落《しゃれ》している
そしてみんな自分の時を連《つ》れて歩いている
しかしここではすべてが制服のように二次元だ

スナップ・ショットたちが流れてゆく
とりどりの夢をおたがい忘れ合いながら
小さな島国のみた　そして又《また》みるかもしれない　悪い夢
良い夢――
仕方なく僕はひとり神話を空想する
〈一杯のクリイム・ソオダをストロウでかき廻して国が
出来た　全く新しい　全くすき透《とお》った国が出来た〉

並木路はたしかに少し涼しい
僕もやっと反省などいうことを想《おも》い出す
夜になればここいらにも星が降《ふ》る
夜になればここいらにも祈りがあるだろう

宇宙の中に地球がある
地球の上に街路がある
思考のない街路がある

〈ある晴れた日に……〉とラジオが握手をもとめる
〈空は青い　しかし……〉と僕はにわかに疑いだす

天上からの街頭録音のために僕はたくさんの質問を用意している
しかし地獄からの脅迫《きようはく》のために僕は武器をもたぬ

やがて忘れられた戦禍《せんか》のイメエジが雲をよび
五月の無智な街路に僕はバック・ギアをいれる

まだ流れている初夏人類たち
僕はバスの中で怠惰に飽《あ》きた
しかし僕は論文を丁寧《ていねい》に断ってしまう
やっぱり天然色の神話を書こうと決心して

梅雨

雨に
林と空と私が塗《ぬ》りつぶされる

密雲に
燐光《りんこう》がある

庭に
苺《いちご》の赤が耐《た》えている

時間に
雲が乗らない

物音に

湿度がある

雨に
私と空と林が濡《ぬ》れる

ネロ

——愛された小さな犬に

ネロ
もうじき又夏がやってくる
お前の舌《した》
お前の眼
お前の昼寝姿が
今はっきりと僕の前によみがえる

お前はたった二回程《ほど》夏を知っただけだった
僕はもう十八回の夏を知っている
そして今僕は自分のや又自分のでないいろいろの夏を思い出している
メゾンラフィットの夏
淀《よど》の夏
ウィリアムスバーグ橋の夏
オランの夏
そして僕は考える
人間はいったいもう何回位《くらい》の夏を知っているのだろうと

ネロ
もうじき又夏がやってくる
しかしそれはお前のいた夏ではない
又別の夏
全く別の夏なのだ

新しい夏がやってくる
そして新しいいろいろのことを僕は知ってゆく
美しいこと　みにくいこと　僕を元気づけてくれるようなこと
僕をかなしくするようなこと
そして僕は質問する
いったい何だろう
いったい何故《なぜ》だろう
いったいどうするべきなのだろうと

ネロ
お前は死んだ
誰にも知れないようにひとりで遠くへ行って
お前の声
お前の感触
お前の気持までもが
今はっきりと僕の前によみがえる

しかしネロ
もうじき又夏がやってくる
新しい無限に広い夏がやってくる
そして
僕はやっぱり歩いてゆくだろう
新しい夏をむかえ　秋をむかえ　冬をむかえ
春をむかえ　更《さら》に新しい夏を期待して
すべての新しいことを知るために
そして
すべての僕の質問に自《みずか》ら答えるために

暗い翼

空が降下してくる

厚い幕《まく》のむこうに無数の星の気配がする

大きな法則が
泣いているのを僕は聞く
月は誹謗《ひぼう》され
雲も話さない

空とそして土の匂《にお》い
われわれのすべての匂いだ
しかしわれわれは
果《はた》して自分の立場を知っているだろうか

空が醜《みにく》くなってくる
樹や蛙《かえる》は誰かを憎んでいるらしい

神々が人間に疲労して

機械に代りをさせているのを僕は聞く
時間はガラスの破片だ
そして
空間はもう失われた

今夜　僕は暗い翼をもつ
すべての本質的な問題について知るために

山荘だより　3

からまつの変らない実直と
しらかばの若い思想と
浅間の美しいわがままと
そしてそれらすべての歌の中を

僕の感傷が跳《は》ねてゆく
(その時突然の驟雨《しゅうう》だ)

なつかしい道は遠く牧場《ぼくじょう》から雲へ続き
積乱雲は世界を内蔵している
(変らないものはなかった　そして
変ってしまったものもなかった)

去《さ》ってしまったシルエットにも
駆《か》けてくる幼い友だちにも
遠い山の背景がある

堆積《たいせき》と褶曲《しゅうきょく》の圧力のためだろうか
いつか時間は静かに空間と重なってしまい
僕は今新しい次元を海のように俯瞰《ふかん》している
(また輝き出した太陽に

僕はしたしい挨拶をした）

埴輪

すべての感情と苔《こけ》むして静かな時間とが
君の脳《のう》に沈澱《ちんでん》している
眼の奥にある二千年の重量に耐《た》え
君の口は何か壮大な秘密にひきしめられる
泣くことも　笑うことも　怒ることも君にはない
何故《なぜ》なら
君は常に泣き　笑い　そして怒っているのだから
考えることも　感ずることも君にはない
しかし

君は常に吸収するそしてそれらは永久に沈澱するのだ

地球から直接に生まれ　君は人間以前の人間だ
足《た》りなかった神の吐息《といき》の故に
君は美しい素朴と健康を誇ることが出来る
君は宇宙を貯《たくわ》えることが出来る

初夏

瓦
「凍《こお》っていた音たちが
雲を映して流れ始める
山山を越えてゆく長い歌を始めようと
木管楽器のような人人が
町に沢山のひそかな合図《あいず》を撒《ま》いてゆく」

牧童
「怠惰な日日こそ僕の日日であった
待つことこそ僕の仕事であった
恢復期《かいふくき》のように僕は季節の寝台に甘《あま》えていた
人間たちの外に自分の墓を夢みていた」

夕暮
「干《ほ》されたものは人の形で舞った
鳥は重い葉のように翻《ひるが》えった
行商人《ぎょうしょうにん》の薬は売れ残り
私は一千年前を覚えていた」

靴磨き
「明るい椅子《いす》や立派な子供や冷い飲物が
どこかにあると私はぼんやり思っている」

光
「私は沢山の星達を訪ねて廻った
星達は皆数式のように呟《つぶや》いていた
知らない何も知らないと

私は真空に道を築《きず》く
しかし私にも行けぬ所がある
名も知らぬ空間で
私は自分の生命を計算する
そして怖《おそ》れている」

河
「又人が死んだ
幼い時私は鹿や杉や石灰岩《せっかいがん》を学んだ
今私は人を学ぶ

私の涙は海に注ぐ
そして白い汽船がその上を通ってゆく」

雲雀
「馬も見えぬ広い牧場には
遠く紅白の幔幕《まんまく》がはられ
そこに霞んだ空と草との祝の
ひとりのひそかな指揮者がいる」

墓
「まるで誰かの意志の図案のように
骨たちは皆静かな恨みの眼差《まなざし》だ
白く清潔なそれらの上を
魂の匂う風が吹いてすぎる
かつてあったとの貧しい主張

滅《ほろ》ぶものへの苦しい追憶
しかしそれらもまた失われる
残すことこそ愚《おろ》かなことだと
私は苔《こけ》に呟《つぶ》やきかける
私は宇宙に手をのばす
私は一生を予感する
私は限りなく帰ってゆこうとする
一瞬若葉の影がゆれる」

課長
「緑の木蔭が美しい自転車に乗ってくる
青い静かな日常性が
今日も子供等の上に輝く
ソファのように満足が私を支《ささ》える」

病人
「樹の日　泥の日　手の日　匂の日
影の日　空の日　道の日　空の日……」

少年
「永遠とは魂にとって何という倦怠《けんたい》だろう
そして又何という恐怖であろう
ある遊星の一時期とその小さな幸福
ひとつの
脳とその美しい恣意《しい》の形
そして
ひとつの心とそのいじらしい大きさ
それらの豊かさに僕には答がない
人人は疑いつつも満足して倒れた
知慧は一瞬一瞬にある

ふたたび初夏は廻ってきて
僕ははじめて初夏に会う」

六十二のソネット

〈一九五三年〉

I

1 木蔭

とまれ喜びが今日に住む
若い陽の心のままに
食卓や銃や
神さえも知らぬ間に
木蔭《こかげ》が人の心を帰らせる
今日を抱くつつましさで
ただここへ
人の佇《たたず》むところへと

空を読み
雲を歌い
祈るばかりに喜びを呟《つぶや》く時
私の忘れ
私の限りなく憶《おぼ》えているものを
陽《ひ》もみつめ　樹もみつめる

7 朝 2

歌っていた　朝の食事を
画《えが》いていた　心の飲みものを
何と何とが結ばれているか
大きな調和の予感の中に

朝　光の喜びと目覚《めざ》めの苦しみと
そして白い衣服をつけて起きた
新たに思い新たに歌おうと
しかしもはや眠らぬ心と共に

死は地から来る　そうして
未来から
今日死に　人は無智に残される

しかしすべてのひろがりに心は応《こた》えねばならぬ
此処《ここ》からはるかなことへと
心は常に生き始める

11　沈黙

沈黙が名づけ
しかし心がすべてを迎えてなおも満《み》たぬ時
私は知られぬことを畏《おそ》れ――
ふとおびえた

失われた声の後にどんな言葉があるだろう
かなしみの先にどんな心が
生きることと死ぬことの間にどんな健康が
私は神――と呟《つぶや》きかけてそれをやめた

常に私が喋《しゃべ》らねばならぬ
私について世界について
無智なるものと知りながら

もはや声なくもはや言葉なく
呟きも歌もしわぶきもなく　しかし

私が——すべてを喋らねばならぬ

12　廃墟

神をもとめる祈りもなく
神を呪《のろ》う哲学もなく
さながら無のようにかすかに
そこにはただ神自身の歌ばかりがあった

私はもはや歌わぬだろう
たしかな幸福の昨日について
寂寥《せきりょう》の予感あふれる明日について
そしてはるかにむなしい快晴の今日について
廃墟《はいきょ》は時の骨だ

今日の風が忘れる方へ吹いてゆき
人の意味は晴れわたった空に消える

廃墟はただ佇むことを憧《あこが》れる
若い太陽の下に
意味もなく佇むためにのみ佇むことを

13
今

輝きは何を照らしてもよい
すべてが私を忘れてくれる
今に棲《す》み
限りなく私が今を愛する時
いつまでも黙っている歌の中に

あまりにかすかな神の気配がして――
それから私がふと今に気付く
ただ静かなひろがりの中で

私が今の豊かさを信ずる時
この星にいて死を知りながら
私は自由だ

情熱は何をみたしてもよい
陽のように空のように
あふれるあまり黙って輝くもの達の下で

14　野にて

私の心が私を去《さ》らせた

時を見る高さにまで
私は回想され
神の恣意《しい》は覗《のぞ》き見された

歌もなく　意志ももたず
今日私は帰りたがる小学生に似ていた
しかし誰が何を償《つぐな》うことが出来るか
むしろこのような晴れた昼に

人は正しく歌えない
無を語る言葉はなく
すべてを語る言葉もない

しかし私の立つ所にすべてがある
街に人　野に草　そして
天に無

15 鋳型

荒々《あらあら》しく雲は投げられ
山は遠く陽に耐えようとしていた
風景は暮れ
私の心の凹凸《おうとつ》そのままに影をひいた
それらは喜びの鋳型《いがた》であった
陰《かげ》の方向から喜びを待ち
しかし自《みずか》ら決して喜びにならない
それらは満《み》たされねばならなかった
喜びを鋳《い》るのは悲しみではない
見知らぬ未完の恣意《しい》の中で

私の心は名づけられなかった
満たされそして満たされたものを型《かた》どった後で
それらは忘れ去られるであろう
暮れ方の風景と名づけられぬ私の心と

16　朝　3

灯《ひ》は夜中《よるじゅう》ともっていた
夜明けに手紙が着いた
空は怠けていた
子等はまだ眠っていた

私は起き上る
私は捨てる

私は拾う
そして忙しくなる

人が歩き始める
私は忘れ始める
神は泣き始める

夜になったら何もかも無くなってしまうだろう
急にそんな予感がする
その時　突然最初の陽が射す

24　夢

ひとときすべてを明るい嘘《うそ》のように
私は夢の中で目ざめていた

私は何の証《あか》しももたなかった
幸せの思い出の他に

ひとの不在の中にいて
今日　私はすべてを余りに信じすぎる
そうしてふとひそかな不安が私を責《せ》める
不幸さえも自《みずか》らに許した時に

樹の形　海の形　そして陽……
風景の中のひとを私は想う
そのままに心のようなその姿を

私はかつて目ざめすぎた
今日私は健《すこ》やかに眠るだろう
夢の重さを証しするために

Ⅱ

30

私は言葉を休ませない
時折言葉は自《みずか》ら恥《は》じ
私の中で死のうとする
その時私は愛している

何も喋《しゃべ》らないものたちの間で
人だけが饒舌《じょうぜつ》だ
しかも陽も樹も雲も
自らの美貌に気づきもしない

速《はや》い飛行機が人の情熱の形で飛んでゆく
青空は背景のような顔をして
その実何も無い
私は小さく呼んでみる
世界は答えない
私の言葉は小鳥の声と変らない

31

世界の中の用意された椅子《いす》に坐《すわ》ると
急に私がいなくなる
私は大声をあげる
すると言葉だけが生き残る

神が天に嘘の絵具をぶちまけた
天の色を真似《まね》ようとすると
絵も人も死んでしまう
樹だけが天に向かってたくましい

私は祭の中で証《あか》ししようとする
私が歌い続けていると
幸せが私の背丈《せたけ》を計りにくる

32

私は時間の本を読む
すべてが書いてあるので何も書いてない
私は昨日を質問攻《ぜ》めにする

時折時間がたゆたいの演技をする
そのすきに私は永遠の断片を貯《た》めこむ
私は自分の生の長さを計る
私は未知のことを予感する

風が立つ
思い出から私は未来を設計する
陽が高い
夏をくり返そうとする私の決意！

かくして私の中に積まれてゆく
雑多な悔い　雑多な予感がある
それらが古びる時に私は死に親しい

だが今日まだ私は若さの頭痛に悩まされる
陣痛《じんつう》のようにそれは産みたがる

私は駆《か》け出す　私は浪費せねばならぬ

34

風のおかげで樹も動く喜びを知っている
太陽は産婆ぶっているので
若いくせにえらがっている
私は太陽を嗅《か》いでみる

音楽が終る
私に生の重みが滲《し》み透《とお》る
私がうつむくと
ふと幸せが私の顔をのぞきこむ

私は生に用事がないので

いつも歌ってばかりいる
だが私は頌《ほ》めることを知っている

空の青いところへたどり着くと
きっと誰もいない
あれは恵み深い嘘なのだ

36

私があまりに光をみつめたので
私の影は夜のように暗かった
私はさびしさを計算する
しかしそれには解がない
ふたたびあらゆる遠さが私に帰ってくる

私は私とだけ親しい
私の言葉は捨て所がない
私はそれを汗に変えようと企《たくら》む

天は変らぬ退屈な大道具だ
すべてがその下にあるので
遠さも天で計られる

しかし私が感傷を着ようとすると
不幸なことに袖《そで》が短かい
私は幼ない頃を思い出す

37

私は私の中へ帰ってゆく

誰もいない
何処《どこ》から来たのか？
私の生まれは限りない

私は光のように遍在《へんざい》したい
だがそれは不遜《ふそん》なねがいなのだ
私の愛はいつも歌のように捨てられる
小さな風になることさえかなわずに

生き続けていると
やがて愛に気づく
郷愁のように送り所のない愛に……

人はそれを費《つか》ってしまわねばならない
歌にして　汗にして
あるいはもっと違った形の愛にして

41

空の青さをみつめていると
私に帰るところがあるような気がする
だが雲を通ってきた明るさは
もはや空へは帰ってゆかない

陽は絶えず豪華に捨てている
夜になっても私達は拾うのに忙しい
人はすべていやしい生れなので
樹のように豊かに休むことがない

窓があふれたものを切りとっている
私は宇宙以外の部屋を欲しない

そのため私は人と不和になる
在《あ》ることは空間や時間を傷つけることだ
そして痛みがむしろ私を責める
私が去ると私の健康が戻ってくるだろう

42

空を陽にすかしていると
無のもつ色が美しい
時が私に優しく訊《たず》ねるが
私は黙っている

昨日の朝を私に返せ
失われてしまった風景のために

私は何をしてやることも出来ない
ただ弔《とむら》うことのほかに

今日　期待は明日に似ている
だが明日になると
期待は今日にすぎない

しかし私のまわりに晴天の一日がある
子供の時から私は何が好きで生きてきたか?
ふと私に近く何かのよみがえる気配がする

45

風が強いと
地球は誰かの凧《たこ》のようだ

1

昼がまだ真盛りの間から
人は夜がもうそこにいるのに気づいている

風は言葉をもたないので
ただいらいらと走りまわる
私は他処《よそ》の星の風を想う
かれらはお互に友達になれるかどうかと

地球に夜があり昼がある
そのあいだに他の星たちは何をしているのだろう
黙ってひろがっていることにどんな仕方で堪《た》えているのか

昼には青空が嘘をつく
夜がほんとうのことを呟《つぶや》く間私たちは眠っている
朝になるとみんな夢をみたという

48

私たちはしばしば生《せい》の影が
しめやかな言葉で語られるのを聞く
墓　霊柩車《れいきゅうしゃ》　遺言《ゆいごん》などと
けれどもそれらは死について何も言いはしない

生きている私たちは影よりも遠くを知らない
無を失うことを私たちは知らない
私たちは鏡をもちすぎている
そのためいつもうつされた生ばかりを覗《のぞ》いている

やがて鏡もない死の中で
私たちは自らに気づかずにすむだろう
私たちは世界と一体になれるだろう……

しかし今日雨の街に生者たちは生きるのに忙しい
夕刊には自殺者の記事がある
私たちは死をとりかこむ遠さにすぎない

III

49

誰が知ろう
愛の中の私の死を
むしろ欲望をそのやさしさのままに育てよう
ふたたび世界の愛をうばうために

ひとをみつめる時に
生の姿が私を世界の中へ帰らせる
若い樹とひとの姿とが
時折私の中で同じものになる

心を名づけることもなしに
ひとの噤《つぐ》んだ口に触《ふ》れて私の知ることを
大きな沈黙がさらってゆく

しかしその時私もその沈黙なのだ
そして私も樹のように
世界の愛をうばっている

51

親しい風景たちの中でさえ
世界の豊かさは難解だ
久しいものの行方よりも
今あるすべてを私は知りたい

やがて亡びるものたちのひたむきな姿が
私を簡素な想いに誘《さそ》う
親しい今の中でだけ
私の想いは死に阻《はば》まれない

だが空と陽のしじまの中で
奪われ続ける今の痛みが
ふと私を怖《おそ》れさせる

しかし世界の中へ私は帰る
別れのない日が一日とてあったろうか

そのような世界の中へ私は帰る

56

世界は不在の中のひとつの小さな星ではないか
夕暮……
世界は所在なげに佇《たたず》んでいる
まるで自《みずか》らを恥じているとでもいうように
そのようなひととき
私は小さな名ばかりを拾い集める
そしていつか
私は口数少なになる
時折物音が世界を呼ぶ

私の歌よりももっとたしかに
遠い汽笛　犬の吠声　雨戸のまた刻みものの音……
その時世界は夕闇のようにひそかに
それにききいっている
ひとつひとつの音に自らをたしかめようとするかのように

58

遠さの故に
山は山になることが出来る
近く見つめすぎると
山は私に似てしまう

広い風景は人を立止まらせる

その時人は自らをかこむ夥《おびただ》しい遠さに気づく
それらはいつも
人を人にしている遠さなのだ

だが人は自らの中に
ひとつの遠さをもつ
そのため人は憧《あこが》れつづける……

いつか人はあらゆる遠さに犯《おか》された場所にすぎぬ
もはや見られることもなく
その時人は風景になる

60

さながら風が木《こ》の葉をそよがすように

世界が私の心を波立たせる
時に悲しみと言い時に喜びと言いながらも
私の心は正しく名づけられない

休みなく動きながら世界はひろがっている
私はいつも世界に追いつけず
夕暮や雨や巻雲の中に
自らの心を探し続ける

だが時折私も世界に叶《かな》う
風に陽差《ひざし》に四季のめぐりに
私は身をゆだねる――

――私は世界になる
そして愛のために歌を失う
だが　私は悔《く》いない

62

世界が私を愛してくれるので
(むごい仕方でまた時に
やさしい仕方で)
私はいつまでも孤《ひと》りでいられる

私に始めてひとりのひとが与えられた時にも
私はただ世界の物音ばかりを聴《き》いていた
私には単純な悲しみと喜びだけが明らかだ
私はいつも世界のものだから

空に樹にひとに
私は自らを投げかける

やがて世界の豊かさそのものとなるために

……私はひとを呼ぶ
すると世界がふり向く
そして私がいなくなる

愛について

〈一九五五年〉

I　空

夕方

誰もいない隣の部屋で
誰かが呼んでいるまるで僕のように

僕は急に扉を開ける
こっちは暗いのに
そこには明るく陽が射していて
たった今誰かが立ち去ったところらしく
影がちらと目をかすめる
だが僕が追うともう誰もいず
あたり前な夕方になる

花瓶には埃《ほこり》がつもっている
窓を開けると空が明るくそこでも……
誰かが呼んでいる僕のように

空の嘘

空があるので鳥は嬉しげに飛んでいる
鳥が飛ぶので空は喜んでひろがっている
人がひとりで空を見上げる時
誰が人のために何かをしてくれるだろう
飛行機はまるで空をはずかしめようとするかのように
空の背中までもあばいてゆく
そして空のすべてを見た時に

人は空を殺してしまうのだ
飛行機が空を切って傷つけたあとを
鳥がそのやさしい翼でいやしている
鳥は空の嘘《うそ》を知らない
しかしそれ故《ゆえ》にこそ空は鳥のためにある
〈空は青い　だが空には何もありはしない〉
〈空には何もない　だがそのおかげで鳥は空を飛ぶことが出来るのだ〉

Ⅱ　地

愛

Paul Klee に

いつまでも
そんなにいつまでも
むすばれているのだどこまでも
そんなにどこまでもむすばれているのだ
弱いもののために
愛し合いながらもたちきられているもの
ひとりで生きているもののために
いつまでも
そんなにいつまでも終らない歌が要《い》るのだ
天と地とをあらそわせぬために
たちきられたものをもとのつながりに戻《もど》すため
ひとりの心をひとびとの心に
塹壕《ざんごう》を古い村々に
空を無知な鳥たちに
お伽話《とぎばなし》を小さな子らに
蜜を勤勉な蜂たちに

世界を名づけられぬものにかえすため
どこまでも
そんなにどこまでもむすばれている
まるで自《みずか》ら終ろうとしているように
まるで自ら全《まった》いものになろうとするように
神の設計図のようにどこまでも
そんなにいつまでも完成しようとしている
すべてをむすぶために
たちきられているものはひとつもないように
すべてがひとつの名のもとに生き続けられるように
樹がきこりと
少女が血と
窓が恋と
歌がもうひとつの歌と
あらそうことのないように
生きるのに不要なもののひとつもないように

そんなに豊かに
そんなにいつまでもひろがってゆくイマージュがある
世界に自らを真似《まね》させようと
やさしい目差《まなざし》でさし招くイマージュがある

ビリイ・ザ・キッド

細かい泥が先ず俺の唇にそしてだんだんと大きな土の塊《かたまり》が俺の脚の間に腹の上に　巣をこわされた蟻《あり》が一匹束《つか》の間俺の閉じられたまぶたの上をはう　人人はもう泣くことをやめ今はシャベルをふるうことに快よい汗を感じているらしい　俺の胸にあのやさしい眼をした保安官のあけた二つの穴がある　俺の血はためらわずその二つの逃げ路から逃がれ出た　その時始めて血は俺のものではなかったことがはっきりした　俺は俺の血がそうしてそれ

につれてだんだんに俺が帰ろうとしているのを知っていた　俺の上にあの俺のただひとつの敵　乾《かわ》いた青空がある　俺からすべてを奪ってゆくもの　俺が駆《か》けても　撃っても　愛してさえ俺から奪いつづけたあの青空が最後にただ一度奪いそこなう時　それが俺の死の時だ　俺は今こそ奪われない　俺は今始めて青空をおそれない　あの沈黙あの限りない青さをおそれない　俺は今地に奪われてゆくのだから　俺は帰ることが出来るのだもう青空の手の届かぬところへ俺が戦わずにすむところへ　今こそ俺の声は応《こた》えられるのだ　今こそ俺の銃の音は俺の耳に残るのだ　俺が聞くことが出来ず射つことの出来なくなった今こそ

俺は殺すことで人をそして俺自身をたしかめようとした
俺の若々しい証《あか》し方は血の色で飾られた　しかし他人の血で青空は塗り潰《つぶ》せない　俺は自らの血をもとめた　今

日俺はそれを得た　俺は自分の血が青空を昏《くら》くしやがて地へ帰ってゆくのをたしかめた　そして今俺はもう青空を見ない憶《おぼ》えてもいない　俺は俺の地の匂いをかぎ今は俺が地になるのを待つ　俺の上を風が流れる　もう俺は風をうらやまない　もうすぐ俺は風になれる　もうすぐ俺は青空を知らずに青空の中に棲《す》む　俺はひとつの星になる　すべての夜を知り　すべての真昼を知り　なおめぐりつづける星になる

少女について

台所の棚《たな》の上にあった小さなざるの中に　私は星を摘《つ》もうとしたが　少女は収穫なんかどうでもいいと云い張るのだ　私は種子を蒔《ま》いたつもりだったが私たちもまた蒔かれた種子だったのかもしれない　私たちは育っていっ

てやがて実ったことにも気づかず枯れるのだろう　その
あと私たちは世界の花園の中でひとつのちっぽけな泥の
塊にすぎない　だが今度は私たちが育てるのだ　誰かが
私たちの上に立って大きな手で星をまさぐり　熟《う》れたか
どうかを試すかもしれない　しかし私たちは星のための
肥料ではない　その時にもきっと賢《かしこ》い少女がいて素足《すあし》を
私たちの中に埋めるだろう　そして自ら一本の花になる
だろう　熟れた時　星は自然に堕《お》ちてくるのだ　花はそ
れを知っていて　そのため死ぬことを恐れないだろう
星を摘もうと爪先立《つまさきだ》ちした時　私は少女に呼ばれたのだ

kiss

目をつぶると世界が遠ざかり
やさしさの重みだけがいつまでも私を確めている……

沈黙は静かな夜となって
約束のように私たちをめぐる
それは今　距《へだ》てるものではなく
むしろ私たちをとりかこむやさしい遠さだ
そのため私たちはふと　ひとりのようになる……

私たちは探し合う
話すよりも見るよりも確かな仕方で
そして私たちは探しあてる
自らを見失った時に――

*

私は何を確かめたかったのだろう
はるかに帰ってきたやさしさよ

言葉を失い　潔《きよ》められた沈黙の中で
おまえは今　ただ息づいているだけだ

おまえこそ　今　生そのものだ……
だがその言葉さえ罪せられる
やがてやさしさが世界を満たし
私がその中で生きるために倒れる時に

地球へのピクニック

ここで一緒《いっしょ》になわとびをしよう　ここで
ここで一緒におにぎりを食べよう
ここでおまえを愛そう
おまえの眼は空の青をうつし
おまえの背中はよもぎの緑に染《そ》まるだろう

ここで一緒に星座の名前を覚えよう

ここにいてすべての遠いものを夢見よう
ここで潮干《しおひ》狩《がり》をしよう
あけがたの空の海から
小さなひとでをとって来よう
朝御飯にはそれを捨て
夜をひくにまかせよう

ここでただいまを云い続けよう
おまえがお帰りなさいをくり返す間
ここへ何度でも帰って来よう
ここで熱いお茶を飲もう
ここで一緒に坐ってしばらくの間
涼しい風に吹かれよう

Ⅲ　ひと

愛について

私はみつめられる私
私は疑わせる私
私はふりむかせる私
私は見失われた私
そして私は愛ではない
私は心の中に逃げた肉
地を知らぬ足
心を投げられぬ手
心にみつめられた眼
そして私は愛ではない

私は陽の終った真昼
振り付けられた劇
名づけられた睦言《むつごと》
狎《な》れすぎた暗闇
そして私は愛ではない

私は見知らぬ悲しみ
餓《う》えている歓び
むすばれるものを選ぶ孤《ひと》り
幸せの外の不幸せ
そして私は愛ではない
私は最もやさしい眼差《まなざし》
私はありあまる理解
私は *erected penis*

私は絶えない憧《あこが》れ
そして私は愛ではないのだ

月のめぐり
menstruation

1

ひとの中で誰かが祭のための料理をする　ひとの中で誰か
が見知らぬ息子を彫刻する　ひとの中で誰かが怪我《けが》する

2

神の掌
創《つく》ることに不器用に傷ついて　今もそれを忘れかねている

3

〈こんなに規則正しく　私の中で華《はな》やかな葬《とむら》いがある　祝いの色で悼《いた》まれるものたち　傷つくことも死ぬことも出来ずに無へかえってゆくものたち　私の若すぎる子供たち……熟《う》れた月はおちてくる　誰もそれを受けとめない　私は待つ　私はひとりで冷いところにしゃがんで待つ　月に種子まくものを　満《み》ちた潮を奪うものを　もう誰の思い出かも解らぬ私の中の傷をいやすことが出来ずに〉

4

……生きようとするものを岸の方へいざないながら　ひとの中に潮が満ちる　ひとの中に海がある　月の呼び　月のめぐるまま　ひとの中に終らない暦《こよみ》がある……

一日

ぼくを泣かせ
おまえを泣かせ
長い風のように疲れて――
ものの名を呼ぶことも出来ずに
ぼくらがただ手と手をつないで黙っている時
また一日の朝が来る

時を埋《うず》め
ふたりの間を埋める砂に
ぼくらが小さな種子を蒔《ま》くその朝――

もう夜は無いかのように

太陽のあらわにする露路《ろじ》の奥を
沢山のひとびとのその朝も夜に向かって
歩いてゆくのをぼくらは聞く

〈聞かせてよ　愛の言葉を〉

夜には目覚《めざ》めているのだ
この一年もそして
この次の一年もあの一年も
すべての一年一年も
夜には二人きりでむかい合うのだ
人間らしくものも云わずに
愛がその時どこにあったっていい
夜には目覚めてむつみ合うのだ
この一年もあの一年も

血がその時どこに流れてもいい
生きていると俺の云う時
生きているとおまえの云う時
二人は疲れているのだから
夜には目覚めて抱き合うのだ

子供はいつか育つだろう
子供は遊んでいるだろう
昼下《ひるさが》りの公園で
ひとりで落葉を拾いながら
彼は泣かずに　真面目《まじめ》くさって
ひざっ小僧は泥だらけ……

Ⅳ 人々

背中

もうこれでみんな揃っているのにいつ誰かが死ぬかもしれないし　いつ誰かが生まれるかもしれないのでいつも誰かがいない　誰かがいないと心の底で不安に思っている　青空はあれは誰かの脱《ぬ》ぎすてていったシャツの裏ではないか　太陽は消し忘れた灯ではないか　誰も足りない者はないし　みんな揃っているのに　誰もが自分の背中を寒がる　誰か僕の背中をよく知っている人はいませんか　なんだ僕の背中はそんなだったのかと僕に解《わか》らせてくれる人はいないのか　みんな自分の手は信じているのに　お互いの背中なら触《さわ》ってやれるのに　せめて背中と背中をあわせて暖まることくらい出来るのに

初冬

〈そうなのよ
あたしのやったことなのよ
あたしが自分でやったのよ
こうしてひとりでいることも
これからずっとひとりなのも〉
彼女の珈琲《コーヒー》茶碗の持ち方は
ひねくれた子供のよう
外は雨　降るともなしに
人を閉じこめ　星をひとりぼっちにする
で　永遠は窓の中
降りこめられてかびを生やす
〈だから愛なんておかしくて
春になれば桜が咲き

夏になればあたしは泳ぐ〉
で　外は雨　空はだんだんずり下り
みんな目のやり場に困ってしまう
だから見るのは煤《すす》けた天井《てんじょう》ばかり
〈あたしもう一杯いただこう
あなたも何か……〉
で　外は雨
幾千の水のもる靴の踏《ふ》んでゆく
幾千の夕刊の読み捨てられる
そうだ青空はかくしておけ
遠い遠い昔まで
遠い遠い——
昔まで

朝

帰ってくるのか
やってくるのか
夜の煤《すす》に汚れたまま
夢のくもの巣をくっつけたまま
昨日の心は何食《なにく》わぬ顔
昼のことは何もかも忘れもしないで
昨日の天丼《てんどん》　明日の接吻
どんな不安もどんな忘却も
何もかもおぼえたままで
外ではごみやの鈴の音
遠いのは疲れた人籟《じんらい》
彼の眼から潮のように夜がひき
太陽は目薬のようにあとを洗う

雨戸をひけばもう白々しい昼の月
もはや空が射たれたように
ぶら下る一滴の白い血
あれが彼の傷なのだ
彼をはなれて痛んでいる
それ故彼には痛いのだ
彼はもう一度眼をつむり
心の行き場を探してみるが
もうそれはきっぱり彼の胸
だから朝だと解るのだ
彼はふいとよそ見する
そこに何かたしかなものがあるかのように
だがあるものは古新聞に古い恋文
自分の言葉だってありゃあしない
みんなみんな顔を洗うよ
じゃぶじゃぶじゃぶじゃぶじゃぶ

朝は味噌汁をすするすべての口
何もかもおぼえたままで
夜だけは忘れてしまって
朝はおはようを云うすべての舌
朝は居《い》眠《ねむ》りの心を運ぶすべての足
地球は大きな汚れた靴下
朝風にへんぽんとひるがえる

夕暮

死者のむかえる夜のために
今日残されたものはひとつの夕暮
うす闇に
しばらくはふりかえるひとのうなじ

貧しい者の明日のために
今日残されたものはひとつの夕暮
手をつなぎ
家路《いえじ》をたどる子等の歌

無　題

私は倦《あ》いた
私は倦いた　我が肉に
私は倦いた　茶碗に旗に歩道に鳩《はと》に
私は倦いた　柔く長い髪に
私は倦いた　朝の手品夜の手品に
私は倦いた　我が心に
私は倦いた

私は倦いた　数知れぬこわれた橋
私は倦いた　青空の肌のやさしさ
私は倦いた　銃の音蹄《ひづめ》の音良くない酒に
私は倦いた　白いシャツまた汚れたシャツに
私は倦いた　下手《へた》な詩に上手な詩に

私は倦いた　仔犬《こいぬ》は転ぶ
私は倦いた　日日の太陽
私は倦いた　赤いポストの立っているのに

私は倦いた　脅迫者の黒き髭《ひげ》に
私は倦いた　照り翳《かげ》る初夏の野道に
私は倦いた　星のめぐりに　一日に

私は倦いた　我が愛に
私は倦いた　ふるさとの苫《とま》の茅屋《ぼうおく》

私は倦いた

牧　歌

陽のために
空のために
私は牧歌をうたいたい
人のために
土のために
私は牧歌をうたいたい
真昼のために
深夜のために
私は牧歌をうたいたい

名も知らぬ若木の下に立ちどまって
虻《あぶ》の羽音に耳をすまし
陽のささぬ露路の奥で
子供の立小便をみつめていたい
うたうため　うたうため
私はいつも黙っていたい
私は詩人でなくなりたい
私は世界に餓《う》えているから

虻のように蝶《ちょう》のように
私は私の羽根でうたいたい
垢《あか》だらけの子供のように
私は私の小便でうたいたい

いつの日か
すべてを忘れるための牧歌を

私は私の死でうたいたい
丁度《ちょうど》今日
すべてを憶《おぼ》えているために
私が本当は黙っているように

俺は番兵

夢こそは我が嘘《うそ》のいやはての砦《とりで》
あまたの空の出入りする
そして俺は番兵
空をまとめて串刺《くしざ》しだ
青い血を我等のために流そうよ
呼ぶ者は心心にたずねつつ
とおすみとんぼに打ちまたがって

風の舌《した》から逃げてゆく
そして俺は番兵
疲れに思わず高鼾《たかいびき》さ

攻める者はとこしえに卑怯未練《ひきょうみれん》
ああ跳《は》ね橋は錆《さ》びて動かず
そして俺は番兵
日毎夜毎の剣の音を
裏の畠にこっそり埋《う》める

夢こそは我が嘘のいやはての砦
すべての歌の息《や》む時にも
俺は番兵
しじまと刺し違えて
死のうよ

Ⅴ　〈六十二のソネット〉以前

お伽話

6　都市

見知らぬ古い建物の中には　骨に似てすり減った階段が
あった　そのひとつを登ると華麗な婦人の部屋があった
そこで拳闘家は過去と未来を殴《なぐ》り続けた　窓の外では白
い非常梯子《はしご》が朽《く》ちてゆき　空には天候だけしかなかった

時々建ってゆくものが烈しく手を拡《ひろ》げた　しかしすぐに
そのままの形で化石した
時々樹々は時間を新しい色で染めた　しかしすぐにそれ

は錆《さ》びてしまった
時々話達はほほえんだ　しかしそれらは花々のように愚かだった
街角の酒場では棚に沢山の人間達が並んでいた　客は誰もいないのに神々が給仕に忙しかった　裏通りではりんごのような雄弁家が戦争を語っていた　やがて奇妙な沈黙が彼をも殺した

7　町

町はいつもひっそりした品切れの不安で一杯だった　背の高い笛吹きが背を丸めて歩いていた　時々自動車のブレーキが鳥の叫び声のように軋《きし》り　時々空が人人の嫌いな行列をかくそうとするかのようにひどく曇ったりした
新聞には遠い国のことばかりが載《の》っていた　子供等

はそれを信じた　人人には表情がなかった
やがて当然のように　静かな博覧会があった　秋の七草《ななくさ》漬《づけ》がよく売れた
またやがて当然のように　ゆっくりした戦争があった
白い墓がいつのまにか増えていった
またやがて当然のように　小さな明るい喫茶店が新築された　夏の朝など女のひとが只ひとり坐っていたりした
山脈を越える広い道が出来たが通る人は稀《まれ》であった　時時すばらしい上天気の日があると人人は微笑した　その時だけ人人はあのひっそりした不安を　忘れることができた

室について

人は自《みずか》ら囲《かこ》った
空間はあまりに恐ろしく
時間はあまりに悲しかったから

これで安心と人は思った
そこには無限の空間の代りに純白の壁が
無限の時間の代りに柔い寝台があった

しかし扉と窓とは必要だった
扉は親しい友人のために
窓は美しい夏の日のために

昼には外にも青空や乱雲の壁があり

野原や街の寝台があった
しかし夜人は自ら閉じこめた
〈室はなつかしい〉人はそう呟《つぶや》くのが常だった
忠実に室は人を親しい座標に住まわせた
春　夏　秋　冬　そしてふと或る日の死まで——
人についてはそれから後を私は知らない
人がいないと室は
だんだん宇宙に似てくるのだった

挽歌

1

今は鬼なる人の
その高貴な想い出を
地殻に刻み
無の鋳型《いがた》を
神に贈ろう

2

正しき問を
眼窩《がんか》に秘め
湖を煮つくして
人は移る

烈しい夢と新な夢と

今日

遠い街路の真昼の気配や
港港におちる夕日朝日
僕は歩く　旅よりもなお
昼　天は青く深く閉じ
夜　天は星々に向かって開く
神々と共に昼を眠り
人々と共に夜を眠り
僕は見る　眼よりもなお
僕は泣く　死よりもなお

夕暮

夕暮は大きな書物だ
すべてがそこに書いてある
始まることや
終ることや――
始まりも終りもしない頁の中に
夜明けに何故《なぜ》凍死者《とうししや》がいるのだろう
枯木はそれからどうしたのだろう

*

忘れた小路の敷石の影は長く
過去の馭者《ぎよしや》達の声は低い

夕陽は捨てられたような高さから
もう消毒の力も失って
秋色の街灯を羨望《せんぼう》し始める

子供よ　子供よ
あの大きな時計が食べてしまった菓子をどうしよう
間に合わぬ店から私もよろめき出て
帽子に貯《た》めた光の貨幣を
空《むな》しく空しく数えるのか

旗が降りる一日を敗れて
旗は空に寝て考えなかった
商館の主は疑いを知らぬ恰幅《かっぷく》で
どこにも行かぬ馬車を軋《きし》ませる

ひとときの浮彫の影は濃《こ》く

若い蔦《つた》は明日を知っている
しかし夕陽は扉の塵《ちり》も落さない
居ない人人はどこへ行った
町はずれの墓には魂ばかり
室々には顔ばかり

夕陽よお前は朝の履歴を忘れ
今は人人を背中からしか暖めない
多くの影絵が空に投げられ夜は待たれる
逃げるために夜は待たれる
遠く港の気配を聞きながら
私は杖《つえ》と帽子と枯葉を携え
その小路を　あの小路を
まるで奇妙な銅版画のように……

絵本

〈一九五六年〉

生きる

生かす
六月の百合の花が私を生かす
死んだ魚が生かす
雨に濡《ぬ》れた仔犬《こいぬ》が
その日の夕焼が私を生かす
生かす
忘れられぬ記憶が生かす
死神が私を生かす
生かす
ふとふりむいた一つの顔が私を生かす
愛は盲目の蛇
ねじれた臍《へそ》の緒《お》
赤錆《さ》びた鎖

仔犬の腕

二つの四月

僕は四月に学校にあがった
四月にどんな花が咲くか僕は知らない
僕は四月に学校にあがった
ぞうり袋に名札をつけて

僕は四月に女と別れられなかった
四月にどんな花が咲くか僕は知らない
四月は雨が多かった
僕らは毎晩お茶を淹《い》れた

四月に人さらいは電柱のかげで笑っていた

四月に敷布は冷くしめっぽかった

この日

私に何かの始まった日
私に何かの終った日
その日は誰もが黙っていた
やつでの葉に薄日の射し
天使たちのあくびしていた日
今日のような日
昨日のような日
誰にも何も始まらぬ日
誰にも何も終らぬ日
私はひとりで踏切を渡って
もう一度ひき返して

また渡って
それから線路の真中にしゃがんで
線路の端《はし》の夕日を見た
それは今日のような日
明日のような日
私が泣けないで黙っている日
誰かが羊水の中で身動きしている日
私に何かの始まる日
私に何かの終る日
えん豆のさやがはじけ
仔猫《こねこ》の川におっこちる日
生の中の死の日

手

手
それはさわる
女の尻《しり》に
手
それはいじる
少年の髪を
手
それは握《にぎ》る
ハンマーを
友だちの手を
手
それはつかむ

短刀を
生《せい》の裾《すそ》を

手
それはなぐる
父親の頬《ほお》を

手
それは撫《な》でる
陶硯《とうけん》を

手
それはつくり
それはこわす
それはとり

手
それはあたえる
それはもち

手
それははなす
それは開け
手
それは閉《し》める
手

限りなく何かをし
限りなく何もしない
手
それは空《むな》しく指し示し
夏の葉のようにしげりしげって
手
それはひろげられたまま枯れる

誰でも

誰でも何か悲しいことをもっている
それを誰にも黙ってかくしている
ははは
誰でも何か許されぬことをもっている
それを許されぬままでもっている
ははは
夜 寝床に入る前に
誰でも一度は悲しそうな目付をする
兎のような蛇のような
何も見ていない目付をする
ははは
誰でも何か口で云えないことをもっている

何と云っていいかわからずに
ひとりでそれをもっている
はははははははは
だから時々急に女に接吻したくなったりする
相手の舌を自分の舌でおさえつけて
しばらくじっとしている
それから残酷に目を開けて
遠い空や丘の方を見たりする

八月

八月は夢見ぬ月
僕は見た
どこまでも青い海と
陽に焦《や》けた女の腿《もも》

僕は見たのだ
陽が移り
風の渚《なぎさ》をわたってゆくのを
それから
僕の血と海と夜とは
同じ匂いがし始めた
そのほかには何も無く
そのほかには
何も
無く
八月は
この星の栄光で一杯だった

夢

風　それは吹いているだろう
花　それは咲くだろう
空　それは青いだろういつまでも
だが
夢　それは破れるだろう
路地を曲る二人
彼等は今夜一緒に寝るだろう
酒場の小椅子の下の煙草の空箱
それは朝燃《も》されるだろう
雨　それはもうすぐ小降《こぶ》りになる
だが夢　それは破れるだろう
オデッセウスは舟出して
魔法使をうちやぶる

だが夢　それは破れるだろう
近親相姦《そうかん》はかくされているだろう
遊動円木はゆれるだろう
粉白粉《こなおしろい》は匂うだろう
夕方影は長いだろう
仔鹿《こじか》は走ってゆくだろう
電話は時々鳴るだろうだが夢
それは破れるだろう
森　それはこんもりひろがっている
私たちは手をつないで小径《こみち》を行った　木もれ陽が絶えず
私たちを眩《まぶ》しがらせた　とある清水のかたわらに私たち
は並んで坐った　落葉が厚く散り敷いていた　私たちは
何度も接吻しあった　だが　夢　それは破れるだろう

八月と二月

少年は仔《こ》犬《いぬ》を籠《かご》にいれた
少年は仔犬を籠にいれておもしをつけた
少年は泣いていた
蟬《せみ》の声がやかましかった

女の室は寒かった
私たちは毛布を何枚もかぶっていた
女の体は乾草の匂いがした
夕暮で　みぞれが降っていた

少年は河岸《かわぎし》で籠をのぞいた
仔犬は小さな尻尾をふっていた
太陽はやけつくようだった

うす暗い室の中で
私たちは汗まみれになり
やがてじっとして眠りこんだ

少年は目をつぶって籠を河に投げこんだ
それから泣きながら走って行った

私たちが目をさました時
もう外は真暗だった

少年は夜になっても泣きやまなかった

私はかつてどこかにいたのに

私はかつてそこにいた
私はかつてここにいた
私はかつて遊動円木の上に
早春のみぞれの中に
午後七時の闇の中にいた
私はかつてどこかにいた
小さな帽子にリボンを垂《た》らし　また
裸《はだか》の脚を泥まみれに

だが今私はいない
私はここにいない
そこにいない
どこにもいない

人々の夜の団欒《だんらん》に近く
十月の朝焼けの空に近く　また
街に散る公孫樹《いちょう》に近く
日々のたしかな記憶に近く
しかし私はどこにもいない

私はいない
疲れた耳をそばだたせ
たそがれに街角で接吻しながら
私はいない
どこにもいない

子供と線路

子供はその日も忙しかった
線路を書くのに忙しかった
道一杯にどこまでも続く線路を
子供は毎日忙しかった
道はどこまでも続いていたので
白いチョークの二本の線路は
いつまでたっても終点がなかった
子供は毎日忙しかった
その間
愛なしでまた愛ありで
人々は本当の電車を乗り降りした
子供が線路を書いてる間

人々は垣根によっかかって
笑っていたまた泣いていた
愛なしでまた愛ありで

そうして或る日
子供が電車に轢《ひ》かれた時
夕陽はまるで終点のように
白いチョークの線路の向こうにかかっていた

空

空はいつまでひろがっているのか
空はどこまでひろがっているのか
ぼくらの生きている間
空はどうして自らの青さに耐《た》えているのか

ぼくらの死のむこうにも
空はひろがっているのか
その下でワルツはひびいているのか
その下で詩人は空の青さを疑《うたぐ》っているのか

今日子供たちは遊ぶのに忙しい
幾千ものじゃんけんは空に捨てられ
なわとびの輪はこりずに空を計っている

空は何故《なぜ》それらのすべてを黙っているのか
何故遊ぶなと云わないのか
何故遊べと云わないのか

青空は枯れないのか
ぼくらの死のむこうでも

もし本当に枯れないのなら
枯れないのなら
青空は何故黙っているのか
ぼくらの生きている間
街でまた村で海で
空は何故
ひとりで暮れていってしまうのか

道

その道は誰の道
そうして私たちは歩いていった
その道はもくせいの匂う道
夜　野良犬《のらいぬ》のこっそり駆《か》けてゆく道

昼　雑木林の風に鳴っている道
そうして私たちは歩いていった
その道は誰の道
乾《かわ》いた砂埃《すなぼこり》の白く続き
空はいつまでもその上にあった
その道は誰の道
誰でもが歩いてゆくより他のない
その道は誰の道
春　黄色い蝶は舞い
冬　どこかで雪のどさっとおちる道
いつも遠い山の中腹に町は光り
人声が風に乗って聞こえる道
その道は誰の道
通りゃんせ
太陽の輝いている道
星の降《ふ》る道

通りゃんせ
誰の道でもない道
通りゃんせ

十二月

二人は小さな公園のベンチに腰かけていた
雪が降り始めていた
街角を新聞配達が駆《か》けていった
微笑《ほほえ》みは――
男と女はもう行くところがなかった
で　二人は凍《こご》えながら　わらっていた
微笑みは誰の仮面――

雪は終夜降りつづいた
微笑みは誰の仮面
太古より悲しみですべてを見
見知らぬ言葉ですべてに口づけ――

家　族

お姉さん
誰が来るの　屋根裏に
私達が来ています
お姉さん

何が実《みの》るの　階段に
私達が実っています　弟よ
私とおまえとお父さんお母さん
外は旱天《ひでり》で
私達は働いています

誰が食べるの
テーブルの上のパンを
私達が食べるのよ
爪《つめ》でむしって

では
誰が飲むの
姉さんの血を

それはおまえの知らない人
背が高く　いい声の……

お姉さんお姉さん
納屋《なや》の中で何したの

おまじない
私達みんなの死なないように
私とあのひとはおまじないをした

それから

それから
私の乳房は張るでしょう
もう一人の私達のために

それは誰

それは私　それはおまえ
それはお父さんお母さん

それから誰が来るの
夜お祈りする時に

誰も
風見《かざみ》の鶏の上には

誰も
街道の砂埃《すなぼこり》のむこうには

誰も
夕暮　井戸のそばには
私達みんながいます

愛のパンセ

〈一九五七年〉

数える

B.Malinowski に

パギドウとボゴネラ
六つの時にもう
一緒に寝た
彼女の胸は彼の胸と同じように平たかったが
二人はヤム芋《いも》の根のようにからみ合い
お互いのまつ毛を
嚙《か》み合った
二人の喜びは
小さな青いいちごの実のように露に濡《ぬ》れ
心は颪の日の丸木舟のように空を走った
パギドウは彼の小さな恋人に

紅《あか》い貝がらを
贈り
自分の歯でつくった首飾りを
贈った
そして二人はお互いの髪の毛の
しらみを食べあった
ボゴネラはやさしくやさしく
しらみを噛んだ
太陽は
タコ椰子《やし》の影をゆっくり
廻した

パギドウとボゴネラ
六つの時にもう
一緒に寝た
ボゴネラは自分の年を

知らなかった
ボゴネラは未《ま》だ数を数えられなかったから
だが彼女は
数えることが出来た
〈パギドウのこすい蛇　あたしをなめると
パギドウとボゴネラひとつ
太陽がお腹の中に帰ってくる
パギドウの強い槍《やり》　あたしを刺《さ》すと
パギドウとボゴネラひとつ〉
それから二人は波打際《なみうちぎわ》で
池をつくって遊んだ

泣く

彼女には泣くべき理由があった

彼女には泣くべき理由が沢山あった
そして誰もそれを理解しなかった
だから彼女は泣いた
黒い裏皮の手袋の
右の手で右のまぶたを押さえ
左の手で左のまぶたを押さえて
涙は次から次へと丸い滴《しずく》になって
唇のところでとまって
それは小し塩辛《しおから》かった
外では雨が降っていた
それは涙とは似ても似つかなかった
雨には理由がなかったから
角の花屋ではチューリップが生々としていて
花屋の小さな男の子は裸足《はだし》ではしゃいでいた
だから彼女は泣いた
彼女はもう大人で裸足にはなれなかったので

彼女には泣くべき理由が沢山あった
それは一々口では云えない
彼女にもよく解らないことだってあったので
だから彼女は泣いた
去年の今頃はこんなじゃなかった
この長靴だって水はもらなかった
だから彼女は泣いた
それから静かに立ち上り
軋《きし》む硝子戸を押して外へ出た
舗道《ほどう》は濡れていて
どこまでも続いていた
遠くで橙《だいだい》色の信号灯が
病気の太陽のように明滅していた
これというのもみんな
あの愛というもののせいなのだ
その愛は彼女をさいなみ

彼女の乳房の尖《さき》をかたくした
だから彼女は泣いた
泣きながら歩いた
夜がもう行手《ゆくて》一杯に立ちふさがっていて
彼女はこわかった
だが誰も彼女を助けられない
僕も君も彼女自身も
だから彼女は泣いた

窓

R.M.R に

窓は誰かのみはった眼ではない
窓は空のための額縁ではない
女は窓を開く

それにはいつも訳があるのだ
土の匂う朝の空気を入れるため
男のきらう焼魚の煙を出すため
仕事に出かける彼に接吻を投げるため
大声で豆腐《とうふ》屋さんを呼び止めるため
彼女は窓の中から夕焼を見ない
夕焼を見るなら窓からのり出す
そうしなければ夕焼の大きさはわからない
夕焼の味や香りや音を楽しめない
女が窓を閉じる時
それにはいつも訳がある
彼女にうそ泣きをさせる砂埃を入れぬため
お金の無い時に街のざわめきを聞かぬため
楽しい食卓から意地悪《いじわる》な夜を閉め出すため
星々の誘惑に男の眼が盲目になるのを防ぐため
女はしっかりと掛金をおろし

手製の刺繍《ししゅう》のあるカーテンをひく
そうして部屋を二人だけのものにする
毎日毎日女は手まめに窓をあけたてする
桟《さん》には埃《ほこり》ひとつない　だがそれは
女が窓を愛しているからではない
窓のむこうの太陽を　窓の中の男を　窓の内と外との世界を愛して
女はいつも窓を超えている
彼女は窓にもたれない
そのむっちりした指で素早《すばや》く窓をあけたてする
すると雀たちがまるで自由に
彼女の窓を出たり入ったりするのだ

あなたに

〈一九六〇年〉

悲しみは

悲しみは
むきかけのりんご
比喩《ひゆ》ではなく
詩ではなく
ただそこに在《あ》る
むきかけのりんご
悲しみは
ただそこに在る
昨日の夕刊
ただそこに在る
ただそこに在る
熱い乳房
ただそこに在る

夕暮
悲しみは
言葉を離れ
心を離れ
ただここに在る
今日のものたち

頼み

裏返せ　俺を
俺の中の畠を耕せ
俺の中の井戸を干《ほ》せ
裏返せ　俺を
俺の中身を洗ってみな
素敵《すてき》な真珠が見つかるだろう

裏返せ　俺を
俺の中身は海なのか
夜なのか
遠い道なのか
ポリエチレンの袋なのか
裏返せ　俺を
俺の中に何が育っている
熟れすぎたサボテン畑か
一角獣《いっかくじゅう》の月足らずの赤坊か
ヴァイオリンになりそこなった栃《とち》の木か
裏返せ　俺を
俺の中身を風にさらせ
俺の夢に風邪をひかせろ
裏返せ　俺を
俺の観念を風化させろ

裏返せ
裏返してくれ　俺を
俺の皮膚を匿《かく》してくれ
俺の額《ひたい》は凍傷にかかっている
俺の眼は羞恥《しゅうち》で真赤
俺の唇は接吻に飽《あ》きた
裏返せ
裏返してくれ　俺を
俺の中身に太陽を拝ませてやってくれ
俺の胃や膵臓《すいぞう》を草の上にひろげて
赤い暗闇を蒸発させろ
俺の肺臓に青空を詰《つ》めろ
俺の輸精管はもつれたままで
黒い種馬たちに踏みにじらせろ
俺の心臓と脳髄は白木の箸《はし》で
俺の恋人に食わせてやってくれ

裏返せ
裏返してくれ　俺を
俺の中の言葉たちを
喋らせちゃってくれ　早く
俺の中の弦楽四重奏を
鳴らしちゃってくれ
俺の中の年とった鳥たちを
飛ばしちゃってくれ
俺の中の愛を
すっちゃってくれ　悪い賭場《とば》で

裏返せ裏返してくれよ俺を
俺の中のうその真珠はくれてやるから
裏返してくれ裏返してくれよ俺を
俺の中の沈黙だけはそっとしといて

行かせてくれ俺を
俺の外へ
あの樹蔭へ
あの女の上へ
あの砂の中へ

沈　黙

愛しあっている二人は
黙ったまま抱きあう
愛はいつも愛の言葉よりも
小さすぎるか　稀《まれ》には
大きすぎるので
愛し合っている二人は
正確にかつ精密に

愛しあうために
黙ったまま抱きあう
黙っていれば
青空は友
小石も友
裸の足裏《あしうら》についた
部屋の埃《ほこり》が
敷布をよごして
夜はゆっくりと
すべてを無名にしてゆく
空は無名
部屋は無名
世界は無名
うずくまる二人は無名
すべては無名の存在の兄弟
ただ神だけが

その最初の名の重さ故に
ぽとりと
やもりのように
二人の間におちてくる

窓

ばたん　ばたん！
窓は風にあおっていた
ばたん　ばたん！
曇った空は空罐《あきかん》
ばたん　ばたん！
窓の中では男と女が
ねじれあいよじれあい
くちかけた縄《なわ》のように

よじれあいねじれあい　あい　愛　ああいい
ばたん　ばたん！
私の魂の中の蛆《うじ》のような無数の言葉たちは
その音をこわがってふるえてる
ばたん　ばたん！
その音
は苦しい
歌わない
意味しない
語らない
音
ばたん　ばたん！
世界の中の一枚の窓が風に鳴って
男と女は夢中
誰もその窓から見ない

女に

陽にやけたおまえの裸《はだか》の背《せ》に
俺は夢見る
疑わないおまえの大きなうるんだ眼に
俺は夢見る
おまえの口ずさむ小さな唄《うた》に
おまえの寝顔に
俺は夢見る
古い村を
大きな昔ながらの家と庭とを
その庭に根をおろす年老いた楡《にれ》の木を
その上の変らない青空を
俺は夢見る
俺の元気一杯な息子を

おまえの幼なすぎる孫たちを
俺たちの死を
俺は夢見る

明日のささやかな晩餐《ばんさん》を
ひとびとの沢山の生を
むなしく夢見る

くりかえす

くりかえしてこんなにもくりかえしくりかえして　こん
なにこんなにくりかえしくりかえしくりかえして　くり
かえしくりかえしつづけてこんなにもくりかえしてくり
かえし　いくたびくりかえせばいいのかくりかえす言葉
は死んでくりかえすものだけがくりかえし残るくりかえ

し　そのくりかえしのくりかえしをくりかえすたび　陽
はのぼり陽は沈みそのくりかえしにくりかえす日々　く
りかえし米を煮《に》てくりかえしむかえるその朝のくりかえ
しにいつか夜のくるこのくりかえしよ
云うな云うなさよならとは！
別れの幸せは誰のものでもない
私たちはくりかえす他はないくりかえしくりかえし夢み
あいくりかえし抱《だ》きあってくりかえしくるよだれよ
もう会えないことをくりかえし
いつまでも会うくりかえし会わないくりかえしの樹々に
風は吹き
今日くりかえす私たちの絶えない咳《せき》と鍋《なべ》に水を汲む音
おお明日よ明日よ
何とおまえは遠いのだ

七月

この世が創《つく》られた時と同じに
光は突然人々の肩に重く輝く

こんなにも単純なのに
生きるということは

初心《うぶ》な合唱団のように
いっせいに鳴き始める蟬《せみ》

人々の生きた七月
人々の生きる七月……

夕立が化粧《けしょう》を洗い落してしまったあと

幸せと不幸せの顔はそっくり

八　月

王の王
かれはいない
ああ美しい夏よ

血の血
誰のためにも流れない
ああ美しい夏よ

娘は裸
馬は薔薇《ばら》をとびこえる
ああ美しい夏よ

誰？　誰？
死のために歌う　河の声で
ああ美しい夏よ

九月

人生ハ美シカッタンダッケ
ドウダッタッケ
ボクハモウ忘レチャッタンダ
人生ハ生キナキャイケナインダッケ
ドウダッタッケ
ボクハモウ忘レチャッタンダ
河ノソバデボクハ捨テタンダ
イロンナモノヲ

足ノトレタ犬ノ玩具ヤ
白イオオイノカカッタ夏ノ帽子ヤ
不発《フハツ》ノ焼夷弾《ショウイダン》ヤ初恋ヲ
河ノソバデ
イヤナニオイノスル河ノソバデ
捨テタンダ
ソレカラ
歌ヲ歌ッテ帰ッタンダ
夕陽ヲ背中ニ
河ノ堤《ツツミ》ヲ
歌ヲ歌ッテ大キナ声デ

ソレカラ何ヲシナキャイケナインダッケ
ボクハ捨テタンダカラ

ソノ次ニ何ヲ

ボクハ忘レッチャッタンダ
モウ一ペン捨テルンダッケ
ドウダッタッケ
今度ハ河デ泳グンダッケ
臭《クサ》イ河デ
秋ノ陽浴《ア》ビテ素裸《スッパダカ》デ
ソレトモ
マダ歌ヲ歌ウンダッケ
ドウダッタッケ

十一月

十一月
禁じられて
私は生き続ける

禁じられて
ただひとつ
おまえのやさしい目差《まなざし》に禁じられて
十一月
鬼ごっこをして遊ぶ子供たち
柿の木の上の太陽
私は祈ろうとして祈れない

十一月
許されて
私は生き続ける
許されて
街に流れる歌に　また空に
建築中の家々に　捨てられた孕《はら》み猫に許されて
十一月
木の下の子供たち

許されて
私は陽だまりに坐る
許されて
青いデニムのズボンをはいて

夜のジャズ

太郎はめくら
夜だから
花子もめくら
夜だから
何も見えない
さわるだけ
太郎はさわる
花子もさわる

とても生きのいいお魚
とても新しい貝
とてもすごいあらし
とてもゆれる舟
とてもまっくろい夜
とてもとても
とってもさ
静かにひろがっている四本の枝と四本の根
朝になれば
小鳥がとまる
朝になれば
青空
だけど今はまだ
夜だから
太郎はめくら
夜だから

花子もめくら
夢だけのぎっしりつまった
めくら
二つの壺《つぼ》も
二つの椅子《いす》も
一つの家も
沢山《たくさん》の町も
一本の道も
泣いている赤坊も
夢の中
めくらの眼でさわる
かすかな明日
天使のかわいいおちんちんが
指している未来
アアイイウエオ
神様のお尻《しり》に火をつけろ

接吻

彼女は他の男の匂いをさせて帰ってきた
そこで僕は彼女に接吻《せっぷん》出来なかった
それから二人は太陽の熱さの残っている
ふとんに入った
その日は一日いい天気だった
それでも僕は接吻出来なかった
彼女は自分の胸をぴったり僕の胸に押しつけた
それでも僕は出来なかった
彼女が別の女のように思えた
ふたりの会う前のようだった
まだ僕が彼女のあそこを知らないで
日曜日にはひとりで釣に出かけた頃のようだった

あの小さな沼のそばで冬の薄陽《うすび》を眺め
誰かに会うのを待っていた頃のようだった
僕はおそろしかった
それでも僕は出来なかった
そうしていつか眠りこんだ
大きな草原のような夜だ
いつまで駆《か》けてもいつまで駆けても

若い彼女等とポチ

笑う
彼女等は笑う
箸《はし》がころぶので笑う
人が死ぬので笑う
笑う

彼女等は若いので
そのそばで
ポチは困り切っている
彼には解《わか》らない
笑いの意味が
ポチは困っている　そして
悲しそうにそっぽを見ている
彼女等は何も知らないので
笑う
ポチは何も知らないのに
悲しそうだ

笑う
彼女等は笑う
ポチの顔がおかしいと云って笑う

空が晴れているといって笑う
笑う

全く笑いすぎる程笑ってあげくの果《はて》に
一日をまるのまま噛《か》まずにのみこんでしまう

で　ポチはぼんやりそれを見ている

まだ
笑う
彼女等は笑う
笑う
いつか一日がのどにひっかかるまで
笑う

鳥

その時も今も空は青かった。その時も今も地球は円かった。その時も今も、かれは少年だった。かれが土から造られたその時も今も、鳥たちは急に羽ばたいて飛び立ったのだろう。驚いたからではない。怖《おそ》れたからでもない。鳥たちはなんの理由もなく、突然飛び立つのだ。

埴輪《はにわ》の少年はひっそりと立っている。かれは掘り出され、ながめられ、商人の汗ばんだてのひらや老人のかさかさした指にさわられ、讃嘆《さんたん》され、値ぶみされ、取り引きされた。かれはされるがままに黙っていた。

一年は幾度も始まる。笛の音で始まり、また剣の音で始まる。新しさは新しさをもとめ、人びとはその度に年老いてゆく。だがかれは老いることが出来ない。かれは夢見ることが出来ない。悔《く》いることが出来ない。苦しむことが出来ない。滅ぶことが出来ない。心の中でかれは叫ぶ。――貴《とう》といものでも見るようにぼくを見ないでくれ。ぼくの目をのぞきこむのはやめてくれ。ぼくをこわしてくれ。コンクリートの道にたたきつけてこわしてくれ。ぼくをもう土に帰してくれ――

そうしてかれは今日も冬の日の中に立っている。鳥たちがその乱暴な翼のひとうちで、かれをこわしてくれるのを待ちこがれて。

男の敵

Westerna

皮の胴着を伊達《だて》に羽織って

四五口径を鳴らしてみるが
空は勿論《もちろん》堕《お》ちてはこない
仕方なく町へ行って女と
寝る　それから
眠って　たっぷり
夢をみる

朝起きてコーヒーを飲んで
豆を食べても
敵は強すぎる
ひげ面だけは威勢がいいが
弾帯の下の彼の息子はしょんぼりしている
仕方なく町へ行って無理にまた女と
寝る　それから急に女を
愛したような気分になる
――結婚して坊やが一人嬢《じょう》やが二人

もう空のことは忘れてしまう
四五口径はもっぱら錆《さ》びる
時々空を見上げるが
いつも青いなとしか思わない

死ぬ三分ばかり前に戦うことを思いだす
だがもうおそい　ハモニカがきこえて
彼は砂の下におちついてしまう

砂の上には青い空
いつもいつも青い空
いつもいつもいつも青い
傷ひとつない美しい
彼の上には青い空

いつもいつもいつまでも

男の子のマーチ

おちんちんはとがってて
月へゆくロケットそっくりだ
とべとべおちんちん
おにがめかくししてるまに

おちんちんはやらかくて
ちっちゃなけものみたいだ
はしれはしれおちんちん
へびのキキよりもっとはやく

おちんちんはつめたくて

ひらきかけのはなのつぼみ
ひらけひらけおちんちん
みつはつぼにあふれそう

おちんちんはかたくって
どろぼうのピストルににてる
うてうておちんちん
なまりのへいたいみなごろし

探す

君は人ごみをかきわける
君はやっと一つの吊皮《つりかわ》を見つける
君は意味もなくあたりを見まわす
男たちは皆君に似ている

吊革は汗くさくべとべとしている
君は片手で週刊誌を開く
君は色っぽい小説を読む
君は心の中で一寸笑う　だが
君の顔はこわばったまま
君は殺人鬼の最後を読む
それは君にとって何の意味もない
君は私の詩を読む
それは君にとって何の意味もない
君は無数の言葉を読む次から次へと
それは君にとって何の意味もない
君は自分の心の中を探す　そこでは
言葉はまだ眠っているので静かだ
だが君はその静けさに耐《た》えられない

問いと答

互いに互いの問いとなり
決して答にはゆきつけぬまま
やがて私たちの言葉は
ひとりひとりの心の井戸で溺《おぼ》れ死ぬ
世界が問いである時
答えるのは私だけ
私が問いである時
答えるのは世界だけ
詩は遂に血にすぎない
寂寥《せきりょう》のうちに星々はめぐり続け
対話はただひとりの私の中で
いつまでも黙ったまま
どうしようもなく熟《じゅく》してゆくだろう

もし言葉が

黙っていた方がいいのだ
もし言葉が
一つの小石の沈黙を
忘れている位《くらい》なら
その沈黙の
友情と敵意とを
慣《な》れた舌で
ごたまぜにする位なら
黙っていた方がいいのだ
一つの言葉の中に
戦いを見ぬ位なら

祭とそして
死を聞かぬ位なら
黙っていた方がいいのだ
もし言葉が
言葉を超えたものに
自らを捧げぬ位なら
常により深い静けさのために
歌おうとせぬ位なら

顔

砂漠は世界の額《ひたい》であれ
樹々は世界の髪であれ
空は世界の瞳《ひとみ》

山は鼻　火は唇《くちびる》
海は世界の頰《ほお》であれ
世界はひとつの顔であれ
盲《めし》いた私の眼を二つの黒子《ほくろ》に
凍《こお》った私の心をささやかな耳飾りに
世界はひとつの
おそろしい微笑みの顔であれ

黙っているものたち

沈黙よ
私の友
はだしの足裏《あしうら》と
春の泥との間にかくれて
心を

言葉からひきはがす

*

青空と
飛礫《つぶて》は親子
おしでつんぼの
許されて
時鳥《ほととぎす》の真似《まね》る
その唄

*

口を噤《つぐ》んで
私は詩人
先ず想う

叫びこそが呼びもどすもの
ののしりのみが呼びかえすもの
瞋恚《しんい》の瞳もつ
おまえ

*

John Lewis に

あなたは
待つ
音と音との間で
そんなに長い世紀を
そこから一人の女の顔
がうかぶ
円い胎《はら》を衣の襞《ひだ》にかくして

青い水を
見ている

＊

戦死者に

あなたの心臓の中で
交わっている蛆《うじ》たち
のたてるひそやかな音に
一晩中
豹《ひょう》の仔は
むずかっている

＊

空罐《あきかん》の蓋《ふた》に
描かれた
密画
祖父の皺《しわ》は
故郷の峡谷《きょうこく》
娘の髪は
ほどかれた無数の地平線

*

壁も
果実のように
熟《う》れてゆく
一日は
約束
水甕《みずがめ》や愛撫する指　死者の写真

黙っているものたちだけが
守りつづける——

*

卓の上に
私の置く
鋏《はさみ》
水指《みずさし》
小函《こばこ》
卓の上に
私の置く
言葉
すべての黙っているものたちと共に
言葉よ

ただそこに在れ
決して
喋《しゃべ》るな

＊

眠っている妻の
胎のふくらみが
今最も私に近い
そこから始まる
やさしい遠近法の中に
私は数々の親しい物たちを置く
乳の壺
果物
固い道と小屋
水辺の森

稲妻《いなずま》
そして
それらを抱いている
長い地平……

*

時計の振子《ふりこ》
縊死体《いしたい》
熟《う》れたぶどう
それらの重たげな揺れの示す
大地のなまめかしさ
沈黙の醸《かも》す
おそろしい
豊饒《ほうじよう》

＊

微風に漂《ただよ》う
仔兎《こうさぎ》の
綿毛
それを
言葉として
いつまでも
黙っている
彼
に
話しかけようとする
私
よ
唇は

とうにひびわれて

*

言葉へと
歩む
この
雑踏の中で
私は
おまえを
みつめる
おまえに
触れる
おまえに
入る
二人だけの

沈黙に向かって
私は
跳《と》ぶ
私は
盲目
私は
始め

家族の肖像

水をたたえた
壺がある
食べかけの粥《かゆ》
木の匙《さじ》
草の実の酒

それらを支える
重い食卓

男がいる
粗《あら》い布を着て
坐っている
強い腕と
剛《こわ》いひげ
目はじっと
まだ暗い
野をみつめる

女がいる
大きな乳房
巻きあげた髪
熱い手を

男の肩にかけて
子供がいる
円いおでこに
泥をつけて
驚いたように
こっちを向く

老人たちは
壁にかかった写真の中で
暦《こよみ》と並んで
おとなしく待ち
熊のような犬は
戸口であくび

簡素な祭壇に

灯はきらめき
夜は静かに
明けかかっている

21

〈一九六二年〉

今日のアドリブ

ひげ

ひげが生える
ひげが生える男のあごに男の唇《くちびる》のまわりにひげが生える
夜明けと共にひげが生える見知らぬ植物の芽のようにひ
げが生える女の柔《やわらか》い頬のためにひげが生えるサルバドル
ダリと共にひげが生えるいっしょうけんめいひげが生え
る太陽に向ってひげが生える男たち
だが
ひげをそる朝になるとひげをそるバスの時間を気にしつ
つひげをそるかみそりはジレットバレットひげをそる女
の愛撫に恐怖をおぼえてひげをそる血を流しながらひげ
をそる

もみあげからおとがいへと　鏡の中をすべってゆく死んだ魚
ひげをそる
そのそりあとは青い海ひげをそるカンヌの社交界のためにひげをそるモナコの退屈のためにひげをそるゴルフのグリーンのようにひげをそる士官候補生ひげをそるサギ師ひげをそるやもめひげをそる市民
いけない！
ひげをはやすのだ
テキサスのサボテンのように
ひげをはやすのだカストロのようにひげをはやすのだリンカーンのようにひげをはやす自由を求めてひげをはやすモンクを求めてひげをはやす女たちのためにひげをはやすライオンの兄弟ひげをはやすなつかしい地獄のショーキ様ひげをはやす自然に十分自然にひげをはやすそして演説する男たち

スキャットまで

云いたいことを云うんだ　どなりたいことをどなるんだ
ペットもサックスも俺の友だち俺の言葉が俺の楽器
ワンコーラスわけてくれ　いやツーコーラス　いやスリ
ーフォア　いくらでもいい　一時間二時間六時間いや一
日をまるごとくれよ俺に　黙ってるのは竜安寺《りょうあんじ》の石庭《せきてい》
叫ぶのは俺だ　俺はのどだ　舌だ　歯だ　唇だ　のどち
んこだ　声なんだ　俺はミスタジャジージャズー　ジャ
ザールの広場でジャゾーに乗ってジャゼッパ歌いながら
ジャズリングをジャズウジャベッてるジャップのバップ
ジャザイはしないジャザイカの胸毛《むなげ》さ　ジャズイはやめ
てくれ　ジャゼージョンのジャジイズはジャザズウのジ
ャジ　ジャズってるジャジャンザはジャズトジャザイズ
のジャジャジャジャジズムなのさ

GO

さあ。いこう。何処《どこ》へいこう。
と　我が友詩人の藤森安和君は云った
さあ　いこう
ひとまずいこう　とにかくいこう
ここはしめっぽい　ここはくさってる
ここはごきぶりで一杯だ　ここは顔のない他人で一杯だ
ここはいかさない
だからいく　いくんだ　とにかくいく
フルシチョフと共にいく　ケネディと共にいく　ミル
ト・ジャクスンと共にいく　ブルースと共にいく　デモ
にいこう　結婚式にいこう　選挙にいこう　そこは何処
でもない　そこはしかしここではない　だからいく　い
くんだ　とにかくいこう　みんなともだち　みんなうら
ぎり

みんなうんざり　みんなみんな
さあ　いこう　地球のふちにそってぞろぞろ　さあ　い
こう　ひとまわり　さあ　いこう　アフリカ通って　ニ
ュー・オルリーンズ通って　フリスコ通って　東京通っ
て　天国と地獄通って
さあ　いこう　煙草ふかして
煙草はＬＭそれともサレムそれともキャメルそれともク
ールそれともマホルカそれとも光　ああ何という自由
煙草はフィリップモリス煙草はゴーロワーズ煙草はマル
ボロー煙草はネイビイカット煙草はコロナ煙草はホープ
ああ何という希望　煙と共に立ちのぼる希望　さあ　い
こう　歩ける俺たち　走れる俺たち　さあ　いこう　汽
車で　舟で　自動車で
自動車はクライスラーそれともプジョーそれともシムカ
それともモリスそれともＭＧそれともクラウン　ああ何
というスピード　自動車はジープ自動車はフォード自動

車はモスコヴィッチ自動車はスコダ自動車はランブラー
ああ何という自由　ぶらぶら歩きの自由　いく自由！
さあ　いこう！　何処へいこう！

長すぎるリフ

ふるさと
ふるさとは山のかなた　ふるさとは空のかなた　ふるさとは海のかなた　ふるさとは星のかなた　天使よ　ふるさとをふりかえれ　ふるさとを見て下さい　俺たちのふるさと　どこにもなさそうですぐそこにあるふるさと　一山十円のふるさと　たとえば千代田区永田町　たとえば広島　たとえばロスアラモス　たとえばレークサクセス　たとえばメニルモンタン　たとえばチェルシー　たとえばブルックリン　たとえば赤道　たとえば南極　たとえば地球　わがふるさと　ふるさとのふるさとをもとめてディッグ　ダッグ　ダッグ　ここ掘れわんわん　石油

と石炭　恐竜《きょうりゅう》の骨　戦死者のしゃれこうべ　ウラニウム
プルトニウム　何でもあるこのふるさと　ふるさとまと
めて花一《はないち》もんめ　負けてくやしい花一もんめ　ふるさと
は山のかなた　ふるさとは空のかなた　ふるさとは海の
かなた　ふるさとは星のかなた星はみなそれぞれに違う
ふるさと　ああケンタウルス　おまえは流れる島宇宙の
かなた　暗黒のかなた　誰もいないふるさとにひびくド
ラム　進め　進め　血の流れの源《みなもと》に向かって

COOL

ここは寒い
ここは寒いよ　マイルス
俺には妻も子もあるのに　マイルス
ここは寒い
君は冷たい黒んぼだ　マイルス
俺をおいてけぼりにするな

俺たちの文明を見捨てるな
ここは寒い　マイルス　そして
君は冷たい
その厚い唇で君の咳《せ》く言葉は冷たい
ニューヨークの画廊に並んでいる
どんな抽象絵画よりも冷たい
ごうつくばりのフランスのファッションモデルの接吻よ
りも冷たい
ああ何というモダンリビング
ここは寒い
俺にも株券も自動車も別荘もあるのに
ここは寒いよ
君は冷たい黒んぼだ　マイルス
桃色の血で俺たちを侮辱《ぶじょく》する
掌の白い内側で俺たちをそっとひっぱたく
俺にはバッハもレンブラントもあるのに

君はボンゴスの子宮から生まれて
ブルースの青い運河の底で育ち
ハーレムの女郎屋でトランプのひとり占《うらな》いをする
そしてじっと俺をみつめる
ここは寒いよ
君のやさしいミュートはもう沢山だ
ペットの代りに俺を吹いてくれ　マイルス
君の息で俺を暖めてくれ　濡《ぬ》らしてくれ
どこからどこまでブロンドの俺の女はエレベーターの中
へ捨てちまうから
君の黒い新しい地図に俺のペントハウスを書きこんでく
れ……
君は冷たい黒んぼだ　マイルス
俺は君をリンチにしてやる
ここは寒くはない

俺には何もかもあるのだ！

ネリー

わたしゃあはらんでる　硝子窓《ガラス》のそばに坐って　わたしゃあはらんでる　わたしゃあ黄いろくて白くて褐色《かっしょく》の女　わたしゃあはらんでる　わたしの魂は乳房の形して　あんたがた男の舌の上に垂《た》れてる　もう六時　お祈りは手おくれだ　硝子窓に雨が流れ　鉢植のゼラニウムが咲く　どこかで手術がはじまっていて　メスの触れあう音がする　さあ入っといで　わたしの部屋に　入ってきてうめくがいい　男の声で　男の地下水みたいなバスでうめくがいい　こころは幾何学《きかがく》をとうに捨てた　ことばは詩をとうに捨てた　それでもあんたがた男は黙っちゃいけない　うめくんだ　わたしが聞いてる　何故《なぜ》ってわたしゃあはらんでるから　わたしゃああんたをはらんでるから　わたしのへそはひろがって　ゆっくり息を吸いこ

んでる　いいんだよ　さあうめいとくれ　さあ

マリファナ

眼にしみる汗
指先にわき上る血
唇《くちびる》によだれ
サクスのセクスの中　泡立《あわだ》つ唾液《だえき》のサクセス
ひとつの心臓を求めるあらゆるリズムのいら立ちの中に
探すおもかげ
古いこわれたバンジョーのおもかげ
空を切る槍《やり》のおもかげ
ベネチアの日時計のおもかげ
歩いてゆく聖処女のおもかげ
ニスのはげた扉のおもかげ
クリストファ・コロンブスのおもかげ
大きくゆれる海のおもかげ

血を流しつづける歴史のおもかげ
十五杯のコーヒーのおもかげ
その中に自分の顔を探す
その中に愛を探す

巨大な根がはびこっている
その行方は分らない
地上で生まれ枯れてゆく枝々の先に
無数の死体はぶら下がり
それはやがて地に落ちるその下に
巨大な根がはびこっている

詩人たちの村

沈黙の部屋

四方は白いしっくい壁にとりかこまれている。壁は最近塗《ぬ》られたばかりのように新しいが、実はもう何世紀も前に塗られたのである。ただ、ここに住んだ人々が、何も家具をもちこまなかったし、時には呼吸すらごくひっそりとくり返すにすぎなかったので、(もちろん火を焚《た》くことなど、思いもよらなかった。)白い壁は汚れることも、煤《すす》けることもなく、いつまでも新しく見えるのである。白いしっくい壁の或る一面に、(何故或る一面になどと、曖昧《あいまい》な云いかたをするのかというと、ここには窓がないので、方位を決定することができないのだ。)一枚の扉がかかっている。この扉は非常に写実的に描かれた一枚の絵にすぎない。つまりこの扉を開けても、そこには白いしっくい壁があるだけなのだ。そのかわり天井は非常に高い。高いけれどそれは上に行くにしたがってせばまっていて、丁度《ちょうど》鋭い立方錐《りっぽうすい》の内側のようになっている。その頂上は非常に狭《せま》く、おそらくヘアーピンを用いなければ掃除することはできないだろう。天井は壁と同じように白いしっくいで塗られているが、もちろんそこにも埃《ほこり》はおろかしみひとつない。

床《ゆか》は石でできている。地殻に直接つながる花崗岩《かこうがん》を平《たいら》に磨きあげたものである。だがそれは、今や厳密には平とは云えない。何世紀にもわたる沢山の人々の足が、（木靴や、ぞうりや、鋲《びょう》を打った靴や、はだしが）床をすり減《へ》らしてしまったのだ。床は真中が最も低くすり減っている。これは人々の多くが、部屋の中心にいることを望んだ証拠であって、よく見るとそこにはごく僅かではあるが、血痕《けっこん》が付着している。

ことばの円柱

ヨーハンセバスチアンバッハは、虚空《こくう》に音の伽藍《がらん》を築いたのであるが、私は虚空にことばの円柱を築くのである。その円柱は真実という巨大な中空ゆえに、なにがしかの強度を有する一本の管の構造をしていて、装飾はすべてそれぞれの無数の毛根《もうこん》で管の中心にむすばれている。即ちそれは瘡《そう》の全種類を含んでいると云えよう。円柱の支えているものは、あらゆる重みなのであって、この重みには当然円柱自体のこうむっている地球の引力《いんりょく》も加わっているが、円柱の上に何か目に見えるものがのっかっているかというとそうではない。円柱の上には目に見えるものは何ものっかってない。

ただ時折、ごく僅かな塵（おそらくは流星塵）が、しばらくの間つもることがあるけれど、やがて強い偏西風《へんせいふう》のために吹き飛ばされてしまう。

他の人間たちが、有史以前から築きつづけた円柱も、そここに残っていて、或るものは既に廃墟のもつ落ち着きと気どりを有しているが、それらの円柱に関しては、その強度も高さも直径も、いまだかつて正確に測量されたためしがない。だからそれらが支えてきた重みの総量を計算するすべは、依然として失われているのである。

見知らぬ詩男

背の高い男を見た。背の高い男は、やせていて、素裸《すはだか》だった。彼の皮膚は象の皮膚のように皺《しわ》だらけであり、男根は矢印のように地面を指していた。顔には眼がなくて、その代りに胡桃《くるみ》の実が二つ、なっていた。彼はそれで樹や岩や女を見るらしかった。視線には乾いた風のような味があり、私は森と彼との間に立って、その視線を飲み干《ほ》した。

背の高い男は、低い疲れたような声で、「実は俺は詩男なんだ」と云った。背の高い男が後を向くと、その灰色の背中には、びっしりと字が書いてあった。その字はみなごく小さい突傷《つききず》らしかったが、私はそれを判読することができなかった。ただ、まだ新しい二三の字から、尻の方へ流れ出している僅かな血を、舌でなめてやることができただけだ。

変則的な散歩

そのころ、有能な詩人たちはみな、ひとつの行から他の行へ、ぶらぶらと散歩に出ていた。ひとつの行から他の行へたどり着いた連中はどういうわけか妙に気軽になっていて、たちまち平凡な冗談《じょうだん》を云いあったり、無力な悪口を云いあったりして、また他の行へとふらふら散歩に行ってしまうのだった。

今度はたどり着けるのかどうか、いつもみな確信はなかったけれど、或る者は長い絵巻物をひきずりながら、或る者は水晶球《すいしょうきゅう》をフットボールのように蹴《け》りながら、歩いて行った。

詩人たちの他の者は、行と行との間で急に女と寝たくなったり或いはわざと何かこまかいもの、たとえば納屋《なや》の鍵《かぎ》とか、古い四折本《よつおりぼん》とかを紛失したりして、何となく道草した。

かれらは道を間違えたわけでもないし、アキレス腱《けん》を切ったわけでもないのに、どうしてもひとつの行から他の行へたどり着けないので、少々てれくさがっていた。自分の二本の脚（或いは三本の脚）のことを、河馬《かば》の脚のように語り、それが恥ずかしくもあるし、誇りでもあるといった様子だった。そういう詩人の恋人は、例外なくよく肥えていて、洗濯竿の下で甲高《かんだか》い声でオペラのアリアなんかを歌っていた。

これらいささか変則的な散歩は、いかなる国家のいかなる交通規則によっても、なんらの制限も受けなかったが、老人たちや子供たちは、防波堤の上から苦しげに散歩者の群《むれ》をみつめた。

ポエムアイ

私は妻の円《まる》い腹部の表面に詩をこすりつけ、妻を甘草《かんぞう》の匂いのする詩でみがき立てた。そうしたらどういうわけか、妻は極度にやせてしまった。だがおかげで彼女は、非常によく推敲《すいこう》された詩の一行と同じ位、美しくなった。妻は私に向かって、しきりに何かを訴えていたが、彼女の口はもう私の詰《つ》めこんだ藁《わら》と水とでいっぱいになっていたので、私には無意味なうめき声しか、聞きとれなかった。

だが、妻のろうそくのような白い裸体を見ているうちに、突然私は自分の眼の変化に気づいた。私の瞳孔《どうこう》は死者のそれにまで拡大し、私の水晶体は無限遠に焦点を合わせた。一瞬にして私は会得《えとく》した。すべてを詩の視線で眺めること、ポエムアイ！　もはや詩をこすりつける必要はどこにもなかった。妻はたちまち肥《ふと》り始め、皮膚の色は鮫《さめ》のように黒ずんだ。けれどそれが何だろう。夜毎私は妻を抱きしめ、妻は次から次へと子を産んだ。私はかれらを片っぱしから白楊《はくよう》の木につなぎ、あらゆる軽業《かるわざ》を丹念に鞭《むち》で仕込んだ。

ポエムアイ！　愛とやさしさ、こっけいな義務！　こうして私は、世界の謎々《なぞなぞ》あそびに加わることになってしまった。

黄いろい詩人

黄いろい詩人は、白い便器の上に置き忘れられたままだった。別に揺《ゆ》れたりもせずに、そのまま坐りつづけていたが、死んでいるのは誰の眼にもあきらかだった。何故なら心臓は規則正しく一分間七十五回打っていたし、呼吸は米飯とジンのひどいにおいがしていたからだ。肉体にはKOされた痕跡《こんせき》はなかったけれど、頭蓋《ずがい》の中にはいつのまにか、ピンポンのボールがつまっていて、それが彼の霊感の動力源だったらしい。私は彼の背中をつっついて、ひとことふたこと友人めいたことばをかけてやったが、彼はトイレットペーパーを読むのに夢中で、私には何も答えなかった。

私が出ていってしばらくすると、水を流す大きな音がして、のぞいてみると黄いろい詩人はもういなかった。あやまって、大変計画的に自分を流してしまったらしい。

(さっぱりしたいい奴《やつ》だったが)——

まもなく三時の時報だろう。窓の外には五月の微風が吹いている。世界は非常にそっけない。

知られざる神への祭壇

各種の記念切手が、隙間《すきま》なく貼りつけられている食器戸棚の中には、白地《しろじ》に藍の線を並べた模様の飯碗《めしわん》と、まがいの春慶塗《しゅんけいぬり》の汁椀が入っている。一匹の死んだコッカースパニエルが戸棚の下段に押しこんであるが、それはまだ血のぬくみを残している。食器戸棚は破れた障子《しょうじ》に押しつけて置いてあるのだが、障子と戸棚の間にはもちろんいくらかの隙間があって、そこには野鴨《のがも》の腹から出てきた銹《さ》びた散弾や、薪《まき》にしようとして置き忘れた卒塔婆《そとうば》や、油を塗らずにほっておいたので、こちこちに固くなった拳斗《けんとう》のグローブや、稀《まれ》には一冊の古典などが落ちている。

埃《ほこり》は不思議にたまっていないが、それはこのあたりが四季を通じて全くの無風地帯だからである。

食器戸棚の中段あたりに組みこまれているいわゆる配膳板は、いま引き出された位置にあって、その上には抜いたばかりの乳歯《にゅうし》と、こわれた補聴器と、それにもちろん幾許《いくばく》かの銀貨と、赤い腰紐とが置いてある。

このようなこまごましたものは、いうまでもなくいかなる典礼の、いかなる細部にもあてはまらぬものであるが、神が家族の各人の無意識の領域にかくされている以上、(むろん狂気とはまた違った仕方でではあるけれど)これらを無秩序として非難する権利は誰にもない。

もし神が見出されることを願っているのならば、かれはすみやかに夢枕《ゆめまくら》に立って、ふさわしい祭壇の作り方を示さねばならない。それとも夜の間に少くとも、死んだコッカースパニエルをその主人である少年の許《もと》へ、よみがえらせてやらねばならないだろう。

未刊詩篇

〈一九六一—六四年〉

幸福な男

彼が楽天的なのは
彼が愛しているから
生まれたての息子と
まだ子供っぽい妻を

彼が愛しているのは
何故《なぜ》だか知らない
友達は彼に云う
お前には心の秘密というものがないと

だが彼は云う
俺は幸福だと
すると人々は云う

お前は不幸にならなきゃいけない
何故なら今や不幸な時代なのだからと

幸福な男はひとりぼっち
幸福な男は仲間はずれ
幸福な男には話題がない
幸福な男は気障《きざ》っぽい

彼はだんだん疲れてくる
幸福であることに疲れてくる
彼は彼でなくなって
彼は人間になってゆく

とうとう或る日彼は云う
俺は不幸だ
何故なら俺は幸福だから

友達は優しく彼に握手《あくしゅ》を求める
これでやっと一人前
不幸を前歯の間でせせりながら
朝になると眠《ねむ》りこむのだ
みんなとそっくりの顔をして

線
クレーに寄す

おのずから
線は繁茂し
無《む》をさえぎった
文字はほどけ

その意味するところの
ものに帰る
緯度《いど》はほどけ
新しいフローラが
世界をおおう

けれどほどいても
ほどいても魂は
もつれたまま…

在るもの
クレーに寄す

かつてそれは

花と呼ばれた
しおれるまでの
短い時を

だが今
いつか無からにじみ出て
そこによみがえるものは
何か

ひとつの
魂の
輪郭の

なんという
苛酷《かこく》な曖昧《あいまい》
死と紙一重《ひとえ》で

七五の歌

青い枇《び》杷《わ》の実《み》風に揺れ
曇硝子《くもりがらす》に日が動く
妻は私を好きと言う
何の気取も意図もなく
私よ私を信じなさい
今日は今日の終りの日
遠い陸地に腕を伸《の》べ
横断歩道を渡ってく
五月の陽差が耳に落ち
心の歌は浪花節

海に発した命ゆえ

盲《めしい》のように海を見る
その対岸の坂の町
古い電車が壊《こわ》されて
線路は霧に朽《く》ちてゆく

今は誰も詩を知らぬ
獣の声で騒ぐ子の
裸の尻の青い痣《あざ》
ブリキ細工《ざいく》の自動車の
昔ながらの色のいろ

退屈するな
退屈するな
敢《あ》えて言葉に縋《すが》るのだ
七五の飴をなめながら
宇宙の罅《ひび》に爪を立て

古式の叫び胸に秘め
皮と黴《かび》との匂い立つ
昔の本を開くのだ
暗い埃《ほこり》の書庫の隅
鼠の赤い眼がのぞく

もう流せない涙なら
汗と膏《あぶら》にしてやろう
秘伝も知らず学も無く
青磁《せいじ》の肌に憧れて
指を地中に刺してみる
軋《きし》む扉の一部屋で
鏡にさらす裸身《はだかみ》に
静かに塵《ちり》が降り積る
私は此処に流連《いつづけ》だ

私は今を超えられぬ
愛憎の生物化学
心霊の電子工学
けれど解き得ぬ優しさは
憶える事のない匂い
その薄明のこの今だ
籠《かご》の中身の買物を
残らず床に投げ捨てて
はっとみつめる夕空に
子等の叫びが消えてゆく
ただ一点に消えてゆく
息子は問いだ
父は答だ

うなずく他はすべて影だ
首を吊るのももどかしい
梁《はり》に緑の葉が繁る

水の輪廻

1苔《こけ》があり
心があって
永遠に
時は余って
2滴《したた》りは
吃りつづけて

雫《しずく》に乗って
行く彼岸《ひがん》

3穴に穿《うが》つ
穴を穿つ

好色な指は
見えない

4腑《ふ》抜《ぬ》けた間
また間
また間に
鬼も
蛇《じゃ》も出ぬ

5うじゃじゃけた足裏に踏む地の衣

6地下水にこもる呻《うめ》きははねつるべ
はねてもはねてもとどかぬ後生《ごしょう》
後生後生だ水を呉れと
水争いに流す血は
漏《も》れて溜《たま》って淀《よど》んで滲みて
取った水田に誰が居る
水神《みずち》か靄々《もやもや》
水泡《みつぼ》か靄々
それとも泣きの涙の土一揆《つちいっき》

流す涙も水の泡《あわ》
あることないこと水に流して
今日はめでたい水祝《みずいわい》
流れ灌頂《かんじょう》の白旛《しらはた》に
流れたややこがしがみつき

めぐりにめぐる水車

7
絞《しぼ》る絞りつづける
微笑の絹が汗の木綿《もめん》を
水くさい水くさいと
水腹までも絞る
水牢で水責《みずぜ》めに責め
吐かした胆汁《たんじゅう》

萎《な》えふぐり何の秘密もないままに
腹ふくらせて死ぬ水呑の

とろうとろう死水とろう
水鏡にうつる昨日今日明日
河骨《こうほね》の親子代々
流れ流れて

8かりそめのH_2O
水とは何か
この水そのものというものは
歴史から洩《も》れ
比喩から滾《こぼ》れ
精神から溢《あふ》れ
とりとめもなく
にじんで湧《わ》いて
汚れたコップの中の日向水が
渇《かわ》きをいやしてしまうので
私は水平線を跨《また》ぐことができない

9生娘《きむすめ》が
口漱《すす》ぐ泉

朝露に映る
三千世界

10ねじれるタービン

老いる三角州
揺れる水母《くらげ》

単細胞

n

小さな黒い蜘蛛《くも》が
指の上におりてきた

この冬のあした
何ものへとも知らぬ
深いあわれみ

神は草木と星辰《せいしん》と
そしてとりわけ
息子よ
お前の肉で私に語って
決して人の言葉では語らない

何かと
そして何かと何か……*n*
素粒子《そりゅうし》は小さすぎぬ
島宇宙は大きすぎぬ
私たちの家に

n＝不定数の符号

旅

〈一九六八年〉

鳥羽

1

何ひとつ書く事はない
私の肉体は陽にさらされている
私の妻は美しい
私の子供たちは健康だ

本当の事を云おうか
詩人のふりはしてるが
私は詩人ではない

私は造《つく》られそしてここに放置されている
岩の間にほら太陽があんなに落ちて
海はかえって昏《くら》い

この白昼の静寂のほかに
君に告げたい事はない
たとえ君がその国で血を流していようと
ああこの不変の眩《まぶ》しさ！

鳥羽　2

この時を永遠にしようとは思わない
この時はこの時で結構だ
私にも刹那《せつな》をおのがものにするだけの才覚はある
既にいま陽は動いている

という その言葉も
砂の上に書いたにすぎない
それも指ででではなく

すぐに不機嫌に変る上機嫌な心で
子供は私に似ている
子供は私に似ていない
どちらも私を喜ばせる

貝殻と小石と壜《びん》の破片と
そのように硬《かた》くそして脆《もろ》く
私の心も星の波打際《なみうちぎわ》にころがっている

鳥羽　3

粗朶《そだ》拾う老婆の見ているのは砂
ホテルの窓から私の見ているのは水平線
餓《う》えながら生きてきた人よ

私を拷問《ごうもん》するがいい
私はいつも満腹して生きてきて
今もげっぷしている
私はせめて憎しみに価《あた》いしたい

老婆よ　私の言葉があなたに何になる
もう何も償《つぐな》おうとは思わない
私を縊《くび》るのはあなたの手にある
あなたの見ない水平線だ

かすかにクレメンティのソナチネが聞こえる
誰も私に語りかけない
なんという深い寛《くつろ》ぎ

鳥羽 4

自分の唾《つば》が気管に入りかけ
ひとしきり烈しくむせかえる
こうして死ぬこともあるのかしら

言葉で先取りすることのできぬものが
海から私の心へ忍《しの》び入る
私の分厚《ぶあつ》な詩集が灰になる

私は目前の岩を眺める
松を眺める
眺めることに縋《すが》りつく
どんな表現への欲望ももてずに何の詩もないのに

何の音楽もないのに
心にひとつのリズムが現れ
眼に涙が浮かぼうとしている

鳥羽　5

そう書いた
舌足《したた》らずのその言葉が
私の何にふさわしかったというのか
書き得ぬものは知っている
書き得たものは知らない
一艘の舟が沖から戻ってくる
舟子《かこ》は見えない

言葉は風にのらない
言葉は紙にのらない
私にのらない

もう問いかけはすまい
答えよう我と我が身に
私にむけられる怨嗟《えんさ》があるとすれば
それは無言の他にない

鳥羽 6

海という
この一語にさえいつわりは在《あ》る
けれどなおも私は云いつのる
嵐の前の立ち騒ぐ浪にむかって

海よ………
そうして私が絶句した
そのあとのくらがりに　妻よ
お前の陽に灼《や》けた腕を伸ばせ
何の喩《たとえ》も要らぬお前のからだ
口が口を封じる
匂いのないすべる汗
だが人は呻《うめ》く
呻きは既に喃語《なんご》へと変る
熱い耳に海よりも間近に

鳥羽　7

口はすねたように噤《つぐ》んだまま
またしても私の犯す言葉の不正
その罰として
終夜聞く潮騒《しおざい》

すべての詩は美辞麗句《びじれいく》
そう書いて
なお書き継《つ》ぐ

夜半に突然目を覚まし
ひとしきり啜《すす》り泣く私の幼い娘
私は正直になりたい

瀕死《ひんし》の兵士すら正直ではない
煙草の火が膝に落ちる
もう夢を見る事もなかろう
こんなに睡《ねむ》いのだが

鳥羽　8

昼になれば
これが優《すぐ》れた詩でない事が分るだろう
だが私は私の文字を消す事が出来ない

人々が市場へと集る時に
私は卓上の水を飲み
その他に何もしていない

かなた木の間がくれのプールサイドに
白い彫像が立っている
あれが私だ
あらわな睾丸《こうがん》を人目にさらして
模倣に模倣をかさねて
私は成《な》った
オルフェとは似ても似つかぬ
石塊に

鳥羽　9

そっと
どんなにそっと歩いても音をたててしまう
こんなに深い絨毯《じゅうたん》の上で

これもまた何者かからの伝言
囁《ささや》きともいえぬ囁き
この音もまた言葉

機械の軋《きし》みにもつんぼになった事はない
けれど今
私は耳をおおう
かたく両手で

するとなお大きく
人の血のめぐる音が聞こえる
私に語りかける声が聞こえる
限りなく平静な声が

鳥羽 10

出発の朝
途切《とぎ》れることのない家族の饒舌《じょうぜつ》に混《まじ》る
ひとつふたつの土地の訛《なま》り

風は私の内心から吹いてくる
鳥羽は既に一望の荒野
乾いた菓子の一片すら
犠牲の上にしかあり得なかった

書きかけて忘れてしまった一行を
思い出したい
一語すら惜しみ
私は言葉の受肉を待ちうける

眼を射る逆光
途絶えぬ松籟《しょうらい》
どんな粉本《ふんぽん》もない

鳥羽
addendum

今　霊感が追い越してゆく
私に僅かな言葉を遺して
何事かを伝えるためではない
言葉は幼児のようにもがいている

言葉への旅は
火星への旅ほどに遠く頼《たよ》りない
ともすれば私を襲う真空の

深いとどろき
そして初めて私に投げられる
白骨の君の言葉
それは
——
それを私は思いつく事が出来ぬ

落首九十九

〈一九六四年〉

道の夢

どぶ板鳴らして路地《ろじ》を曲れば
終日《しゅうじつ》駐車禁止の街道で
一寸きざみに街道行けば
永久に工事中の国道だ
だがほこりまみれで国道ぬけると
突然あこがれのフリーウェイ
時速百粁《キロ》野越え海越え
いっきょに聖火の道をたどり
たちまち光速よりもさらに早く
人間の心と心をむすぶ大道に至る
世界じゅうの道が一本の大樹の
枝々のように茂る日はいつか

月の好きな男

月へ行ける日は近いと力説する
満月のようにまんまるい顔で
自分も一役買ってるような顔で
自分もいつかは月へ行くつもりで
（職業は市電の運転手　子供は六人）
月ロケットが失敗すると
下手《へた》な鉄砲打ちを叱《しか》るような調子で
「なっとらん」と叫ぶ
もちろん毎年のお月見はかかさない
団子《だんご》を食べ食べ腰折《こしおれ》をひねる
何だかつじつまがあわぬようだが
本人はべつに不自由はしていない

除名

名を除《のぞ》いても
人間は残る
人間を除いても
思想は残る
思想を除いても
盲目《もうもく》のいのちは残る
いのちは死ぬのをいやがって
いのちはわけの分らぬことをわめき
いのちは決して除かれることはない
いのちの名はただひとつ
名なしのごんべえ

大人の時間

子供は一週間たてば
一週間ぶん利口《りこう》になる
子供は一週間のうちに
新しいことばを五十おぼえる
子供は一週間で
自分を変えることができる
大人は一週間たっても
もとのまま
大人は一週間のあいだ
同じ週刊誌をひっくり返し
大人は一週間かかって
子供を叱ることができるだけ

哺乳類

毛をさかだて背中をまるめ
唾《つば》をとばしてわめきたて
爪もあらわに雄猫《おねこ》は戦う
かれの愛する雌猫《めねこ》のため
毛をさかだて背中をまるめ
マイクこわしてわめきたて
ロケットあらわに男は戦う
かれの愛する「思想」のため

仔猫がおっぱい吸ってふとるころ
「思想」は血を吸ってふとる

にっぽんや

スコッチ　あり升《ます》
水　品切
自動車　投売
道　売切
ミサイル　高価買入
基地　御相談
オリンピック　近日入荷
フジヤマ　見切
但《ただし》　ＳＹＭＢＯＬ　非売品

五月の人ごみ

どんぐりまなこ
かなつぼまなこ
ししっぱな
だんごっぱな
にきびづら
らんぐいば
にじゅうあご
ぶしょうひげ
でっちり
はとむね
だいこんあし
しゃーべっととーん
ケロイド

事件

事件だ！
記者は報道する
評論家は分析する
一言居士《いちげんこじ》は批判する
無関係な人は興奮する
すべての人が話題にする
だが死者だけは黙っている――
やがて一言居士は忘れる
評論家も記者も忘れる
すべての人が忘れる
事件を忘れる
死を忘れる

忘れることは事件にはならない

時

時
ボーナスの出た時
時
少女が殺された時
時
もう忘れてしまった六月
時
小さな幸《しあわ》せの今日
時
自動巻超薄型耐水耐衝撃耐磁腕時計の時
時

あなたの人生の時
あなたはどの時を記念するのか？

ごあいさつ

どうもどうも
やあどうも
いつぞや
いろいろ
このたびはまた
まあまあひとつ
まあひとつ
そんなわけで
なにぶんよろしく
なにのほうは

いずれなにして
そのせつゆっくり
いやどうも

大小

小さな戦争やむをえぬ
大きな戦争防ぐため
小さな不自由やむをえぬ
大きな自由守るため
一人死ぬのはやむをえぬ
千人死ぬのを防ぐため

千人死ぬのもやむをえぬ
ひとつの国を守るため

大は小をかねるとさ
量は質をかねるとさ

幸せ

幸せです
電気冷蔵庫が買えました
幸せです
池田さんもまあまあですね
幸せです
ヘップバーンのファンです
幸せです

核爆発《かくばくはつ》には絶対反対
幸せです
娘は浩宮《ひろのみや》さまとおないどしです
幸せです
平和を守りましょう
いかがです？　冷いお紅茶をもういっぱい

不思議

海ゆかば　高波　くらげ　コレラ菌《きん》
山ゆかば　落石　転落　人食い熊
道ゆけば　ひき逃げ　衝突　ひったくり
うちにいれば　強盗　税務署　無理心中《むりしんじゅ》
どこにいたって　地震　台風　火山の爆発
でなけりゃ　革命　内乱　ジェット事故

セクハラ・パワハラ野放しなら
核実験も野放しだ
それなのに　ああそれなのに
何たる不思議　何たる奇蹟
ぼくはぴんぴん生きている
三十七度の炎天下《えんてんか》
汗とビールをバランスさせて

お題目

問題です
アジア大会　問題です
問題です
雄山噴火《おやまふんか》　問題です
問題です

貿易自由化　問題です
問題です
ベルリン問題　もちろん問題
問題です
その点　あの点　すべて問題
問題問題大問題
どんなもんだい
こんなもんだい

合理的

石炭使えば不合理で
石油使えば合理的
マッチなんぞは不合理で

ガスライターなら合理的
日本刀は不合理で
水素爆弾合理的
人間使えば不合理で
機械使えば合理的
合利的なら合理的
合理的とは合利的

人づくり

人はつくる
物をつくる

物はつくる
金をつくる
金はつくる
国をつくる
国はつくる
人をつくる
人はつくる
物をつくる
…………
人は自分をつくらない
天はなんにもつくらない

生長

わけの分らぬ線をひいて
これがりんごと子供は云う

りんごそっくりのりんごを画いて
これがりんごと絵かきは云う

りんごに見えぬりんごを画いて
これこそりんごと芸術家は云う

りんごもなんにも画かないで
りんごがゆを芸術院会員はもぐもぐ食べる

りんごりんごあかいりんご
りんごしぶいかすっぱいか

ハイ・ソサエティ

イタリイの靴をはき
スイスの時計をもち
イギリスの帽子をかぶり
フランスの女を連《つ》れ
スエーデンの映画を観て
西ドイツの自動車を駆《か》り
火のついたハバナ葉巻を横ぐわえ
アメリカの核弾頭《かくだんとう》を装備した
ソ連のロケットを売って
中国でぼろもうけ
インドのヨガを習ってから
南極へ避暑にゆく
もちろんカメラは日本製

そんなのが本年の流行です

盗む

名誉を盗《ぬす》むことはできる
だが誇りを盗むことはできない
言葉を盗むことはできる
だが詩を盗むことはできない
家を盗むことはできる
だが青空を盗むことはできない
着物を盗むことはできる
だが裸を盗むことはできない

帝王を盗むことはできる
だが自分を盗むことはできない

また

またか
まただ
またまたか
またまたさ
なれっこだな
なれっこさ
よくないな
よくないよ
どうする

どうしよう
怒るか
怒ろう
プン
プン

雛祭の日に

娘よ――
いつかおまえの
たったひとつの
ほほえみが
ひとりの男を
生かすことも
あるだろう

そのほほえみの
やさしさに
父と母は
信ずるすべてを
のこすのだ
おのがいのちを
のこすのだ

ヒューマニズム

敵は誰？
敵は人間
味方は誰？
味方は人間
殺したのは誰？

殺したのは人間
殺されたのは誰？
殺されたのは人間

人間は誰？
人間は人間

猿と宇宙人の間の居心地《いごこち》のわるさ！

おっかさん

地球はジェット機をつかまえて
大地の胸に抱《だ》こうとする

地球は潜水艦をひきずりこんで

海の子宮《しきゅう》にかえそうとする
宇宙にやきもちをやいている
わからずやのおっかさん

地球はあいかわらず
私たちの足をひっぱる

私たちはもう思春期だっていうのに
もうそろそろ月にさわろうという年頃なのに

子どもは……

子どもはなおもひとつの希望
このような屈託《くったく》の時代にあっても

子どもはなおもひとつの喜び
あらゆる恐怖のただなかにさえ
子どもはなおもひとりの天使
いかなる神をも信ぜぬままに
子どもはなおも私たちの理由
生きる理由死を賭《と》す理由
子どもはなおもひとりの子ども
石の腕の中ですら

灰色人種

純粋な白なんて
はじめての雪の中にもない
純粋な黒なんて
盲目の男の眼にも見えない

まして今や
灰色の都会の煙霧《えんむ》の中の
灰色のフラノの服を着た
灰色人種

灰色の影のゆらめく
テレビの画面に
たとえばあの美しい歌

〈深い河〉を聞きながら……

勲章

敵の首を一番たくさんとった人に――
頭蓋骨《ずがいこつ》でできた勲章《くんしょう》をあげましょう
年じゅうおなかの下っている人に――
落し紙でつくった勲章をあげましょう
海に向かって吠《ほ》えている詩人には――
砂の勲章をあげましょう
原子爆弾を落した人に――
原子爆弾のついた勲章をあげましょう
勲章をいっぱいもってる人には――
もうひとつ勲章をあげましょう
勲章つくりの上手な職人さんにも――

やっぱり勲章をあげましょう
みんなで勲章のあげっこをしましょう
生きているうちにああこんなに無邪気《むじやき》に！

千羽鶴

感傷の糸につながれて
鳴かず
飛ばず
ただそよかぜにゆれて――
あまりにはかない祈りのかたち
千人針《せんにんばり》を縫《ぬ》った手が
性《しよう》こりもなく千羽鶴を折る
ああもどかしい日本！
千羽は無力万羽も億羽も無力

あの巨大な悪の不死鳥と戦うには
もう折るな不妊《ふにん》の鶴は
祈るだけでは足りない
誓うだけでは足りない

マイ・フェア・レディ

金は？　——欲しいわぁ
人間像は？　——なくてもね
今日は？　——昨日のつづき
マレーシアは？　——分りません
池田は？　——きらい　でも……
社会党は？　——最低
解散は？　——どうせ　ね

創価《そうか》学会は？　――うらやましい
ケネディは？　――すてき
戦争は？　――さあね
恋愛は？　――まあね
結婚は？　――かもね
人生は？　――そのようよ

彼の秋

秋なので
抜毛《ぬけげ》がめだった
日本シリーズがはじまったので
テレビを見た
自動車ショーがあったので
カタログをもらった

選挙があるらしいので
新聞を読んだ
読書週間なので
本も読んだ
平和だったので
平和に耐《た》えた
ただそれだけのこと
彼は夢想家ではない

その他の落首

〈一九六四—六六年〉

若さのイメージ

遠くまで見えるんだ
スモッグのかなたに夢が見えるんだ君には
そうじゃないのか？

遠くまで行けるんだ
幸せを捨ててはだしで行けるんだ
そうじゃないのか？

まっ白い冷蔵庫に爪で一筋の深い傷をつけ
埃《ほこり》だらけのジャンパーに仔犬《こいぬ》を抱いて
君はひとりで口笛を吹いて――
それともそうじゃないのか？

ネクタイなんてしめなくていい！

煙草の害について

公園に吸殻を散らかし
家じゅうに灰を落し
ズボンに焼焦《やけこげ》をつくり
空気をよごし
ライターに無駄金を使い
爪も歯もきいろく染め
風邪をこじらせ
あげくの果に肺ガンになり
いいことは何ひとつないのに
世界じゅうの人間が
国境を問わず人種を問わず好むという

人間の人間らしさのおろかな証《あか》し……
だが私はとりわけこうした
非衛生的な人類というやつがいとしい

かもしれぬ

昨日会った外人は実は旧ナチであり
隣家の青年は実は暗殺者である
初恋の女は実は魔女であり
教師は実は忍者《にんじゃ》である
課長は実はスパイであり
首相は実は革命家
減税は実は大陰謀の一端であり
テレビは実は集団催眠《さいみん》
月は実は空飛ぶ円盤の母船である

地球は実は無限の平面であり
歴史は実は逆行している
現代は実は中世であり
現実は実はちっとも散文的ではなく
おおいに波瀾万丈《はらんばんじょう》なのである

春だから

電車に乗れずにテクるのもわるくない
春だからものみな芽ぶく春なのだから
それで君が新しい靴を一足
買えるようになるんなら

電話ができずに黙ってるのもわるくない
春だから何故《なぜ》か優しい春なのだから

それで君の子どもが忘れた歌を
歌えるようになるんなら

国家という大きな象が足がしびれて
一日くらい動けないのもわるくない
春だからいのちあふれる春なのだから
それくらいのことはみんながまんできたのに

五月の七日間

祝日とはいわない
祭日とももういわない
旗日とはもちろんいわない
休日という
天皇も万国の労働者も憲法も子どもも

なにもかもいっしょくたに
ただ休むことだけを考える
B足らんだけではすまされない
その孤独な疲労はどこからくるのか？

祝宴は無く
祭壇も無く
旗も無い家々に
テレビだけが青白い

渇き

水に渇《かわ》いているだけではないのです
思想に渇いているのです

思想に渇いているだけではないのです
愛に渇いているのです
愛に渇いているだけではないのです
神に渇いているのです
神に渇いているだけではないのです
何に渇いているのか分らないのです
〈水ヲ下サイ　水ヲ……〉
あの日からずっと渇きつづけているのです

ワイセツについて

どんなエロ映画も

愛しあう夫婦ほどワイセツにはなり得ない
愛が人間のものならば
ワイセツもまた人間のものだ
ロレンスが　ミラーが　ロダンが
ピカソが　歌麿が　万葉の歌人たちが
ワイセツを恐れたことがあったろうか
映画がワイセツなのではない
私たちがもともとワイセツなのだ
あたたかく　やさしく　たくましく
そしてこんなにみにくく　恥ずかしく
私たちはワイセツだ
夜毎日毎ワイセツだ
何はなくともワイセツだ

只

本に値段があるなんて
ピカソの絵が何百万だなんて
別れた女に慰藉料《いしゃりょう》出すなんて
特許使用料だなんて
著作権使用料だなんて
詩を書いて稿料もらうなんて
なんてなんて未開な風習だろう!

空気も海も天の川も
愛も思想も歌も詩も
女も子供も友人も
ほんとうに大事なものはみんな
只!

……のはずなのに

サルトル氏に

ことわることであなたが択《えら》びとったもの
それをやはり自由の名で呼ぼう
あなたにとってノーベル賞は
決して重いものではなかったはずだ
けれどあなたは正確にそれを拒否した
要《い》らないものは要らない
なんという自明の論理
なんという平明な勇気
あなたは謙遜《けんそん》しなかった
あなたは傲慢《ごうまん》にすらならなかった
あなたはあなたであろうとしたにすぎない

ことわることであなたが択びとった自分
それをやはり作家の名で呼ぼう
どんな名誉も期待しない孤独なその名で

兵士の告白

殺スノナラ
名前ヲ知ッテカラ殺シタカッタ
殺スノナラ
一対一デ殺シタカッタ
殺スノナラ
機関銃ナンカデナク
素手《スデ》デ殺シタカッタ
殺サレル者ヨリモ殺ス者ノ方ガ
何故コンナニ不幸ナノカ

ソノワケヲユックリト囁《ササヤ》キナガラ
殺シタカッタ
殺スノナラアアセメテ
ナキナガラ殺シタカッタ

冬に

ほめたたえるために生れてきたのだ
ののしるために生れてきたのではない
否定するために生れてきたのではない
肯定するために生れてきたのだ
無のために生れてきたのではない
あらゆるもののために生れてきたのだ

歌うために生れてきたのだ
説教するために生れてきたのではない
死ぬために生れてきたのではない
生きるために生れてきたのだ
そうなのだ　私は男で
夫《おっと》で父でおまけに詩人でさえあるのだから

くり返す

くり返すことができる
あやまちをくり返すことができる
くり返すことができる
後悔をくり返すことができる
だがくり返すことはできない

人の命をくり返すことはできない
けれどくり返さねばならない
人の命は大事だとくり返さねばならない
命はくり返せないとくり返さねばならない
私たちはくり返すことができる
他人の死なら
私たちはくり返すことはできない
自分の死を

よちよち
――初の宇宙遊泳――

あんよはおじょず
てのなるほうへ……

真空に
大きなてのひらが打ち鳴らされる
それは私たち自身のてのひらなのか
それともほかの誰かの……

綾《あや》の鼓《つづみ》のように
聞こえない　それなのに
聞いて
聞こえてしまって……

よちよち

ピンポン

硬《かた》くて白く小さな球が
人と人との間をゆききする
それで勝負が決まるのだ
ピン！　ポン！
それで勝負は決まるのだ
頑《かたく》なに打ち返し
ピン　ポン
一刻も心許さず
ピンポン
もはやたわむれているのではない
これも戦い――
何故《なぜ》か可笑《おか》しく
何故か淋しい
地球の光景だ

これが私の優しさです

窓の外の若葉について考えていいですか
そのむこうの青空について考えても？
永遠と虚無《きょむ》について考えていいですか
あなたが死にかけているときに

あなたが死にかけているときに
あなたについて考えないでいいですか
あなたから遠く遠くはなれて
生きている恋人のことを考えても？

それがあなたを考えることにつながる
とそう信じてもいいですか
それほど強くなっていいですか

あなたのおかげで

二十年

今日も蟬《せみ》が鳴いている
生長しながら長い回復期を過ごしてきた
まだ若い奇妙な病人は
籐椅子《とういす》に座って木蔭に居る
彼は結局そこにとどまった
それもまた沢山の苦しい決意の結果だと
彼は知っているのだが……
癒着《ゆちゃく》した胸の空洞から

忘れがちな死者の声が聞こえてくる
――私達は死を賭《と》した
　お前は何を賭しているのか？

壁画

公衆便所の壁画に
天才はいないか
新しい原始人はいないか
すれっからしの刑事すら涙を流す
そんな苦しい欲望の表現はないか
そんな自由な線の動きはないか
ボールペンで画《か》くな
爪で彫《ほ》れ
燃えさかる太陽に似たあのかたち

公衆便所の壁画に
優しさはないか
気づかれず塗《ぬ》りつぶされた
美はないか
生命はないか

シュバイツァー

誰もあなたになれないのに
誰もが少しはあなたになったつもりでいた
あなたも人間　私も人間
ただそれだけの理由で
誰もあなたを知らないのに
誰もがあなたに甘《あま》えていた安心していた

同じ時代に生きている
ただそれだけの理由で
たまに一匹の蚊《か》をたたきそこね
あなたにあやかった気でいた
自己満足のために尊敬ばかり口にした
嫉妬《しっと》を感ずるだけの器量もなくて

年頭の誓い

禁酒禁煙せぬことを誓《ちか》う
いやな奴《やつ》には悪口雑言を浴びせ
きれいな女にはふり返ることを誓う
笑うべき時に大口《おおぐち》あけて笑うことを誓う
夕焼はぽかんと眺め

人だかりあればのぞきこみ
美談は泣きながら疑うことを誓う
天下国家を空論せぬこと
上手な詩を書くこと
アンケートには答えぬことを誓う
二台目のテレビを買わぬと誓う
宇宙船に乗りたがらぬと誓う
誓いを破って悔《く》いぬことを誓う
よってくだんのごとし

色

希望は複雑な色をしている
裏切られた心臓の赤
日々の灰色

くちばしの黄色
ブルースの青にまじる
褐色《かっしょく》の皮膚
黒魔術の切《せつ》なさに
錬金術《れんきんじゅつ》の夢の金色
国々の旗のすべての色に
原始林の緑　そしてもちろん
虹《にじ》のてれくさい七色
絶望は単純な色をしている
清潔な白だ

雲雀について

雲雀《ひばり》について話した

死について話したか
死について話した
神について話したか
神について話した
忘れられた人々について話したか
忘れられた人々について話した
偽善《ぎぜん》について話したか
偽善について話した
はにかみについて話したか
はにかみについて話した
冗談《じょうだん》を云ったか

冗談を云った　皮肉《ひにく》も
喜びについて話したか
喜びについて話した
沈黙について話したか
沈黙について話した
話してる矛盾《むじゅん》について話した
落ちている石ころについて話した

自分について話したか
自分について話した
決意について話したか

決意について話した
決意したか
繊細《せんさい》と論理とのあやふやな迷路の中で
どこまでも話しつづけることを
そしてなお話せるか
雲雀について

春が来た

道傍《みちばた》に猫の新しい死骸があり
それでも僕は春に気づく
単なる気温の上昇があり
早すぎる水着ショウがあり

戦争があり不信があり
それでも僕はうぐいすを聞く
時には夢の中でのように
素肌《すはだ》を風になぶらせ
テーブルにミルクをこぼし
いかに生くべきかは問わずに
ただ春に気づく
あらゆる化膿《かのう》があり　癌《がん》があり
あらゆる炎症《えんしょう》があり　畸型《きけい》があり
それ故にこそ僕は春に気づく

ベートーベン

ちびだった
金はなかった

かっこわるかった
つんぼになった
女にふられた
かっこわるかった
遺書を書いた
死ななかった
かっこわるかった
さんざんだった
ひどいもんだった
なんともかっこわるい運命だった
かっこよすぎるカラヤン

しわ

人を怒らすのが恐くてほほえみ続けてきた
そこで目尻《めじり》にしわができた
人より物の解《わか》ったふりをして冷笑し続けた
そこで鼻先に小じわが生じた
責任逃れで天を仰ぎ煙草ふかして黙っていた
そこでおでこにしわがよった
決意の深みに達せずに辻褄《つじつま》合わせ喋り続けた
そこで口元にしわが刻まれた
もう心臓までしわだらけだろう

猿の顔か？　いや鏡の中の俺の顔だ

あとがき

思潮社版の詩集を底本とし、他に「旅」及び「落首九十九」、さらにその後の落首から若干を選んでこの本を編んだ。未刊詩篇とあるのは思潮社版での分類であって、この本では既に適当な言いかたではないが、便宜上そのままにした。自選の基準には当然作者自身の好みが反映されていようが、同時に比較的人に知られているもの、そして一度でも人にほめられたことのあるものを、ひとつのよりどころとした。河出書房版の詩集にその一部を収めたいわゆるマス・コミュニケーション・メディアに主として発表した作品群は、この本では選の外においた。

正直に言って、自作に対してはいつまでたっても客観的になれない。どれが駄目で、どれが少しはましなのか、さっぱり見当がつかないのである。したがって、過去の作品に今になって手をいれるということも私にはできない。手をいれてよくなるものかどうかおぼつかないし、たとえ過去に自分がどんなに未熟であったにしろ、その未熟な自分を負ってゆくより現在の自分の生きかたもないと思うからである。言いかえれば私にとって、過去の作品などというものは存在しないのかもしれない。

自分に自分を狎《な》れさせぬためには、不断に他者の視線が必要である。愛着もあるくせに、ともすれば自作から目をそむけようとする私のような人間にとって、大岡信の文章はひとつの救いだ。すべてが現在に向かってなだれこんでいて自分には五里《ごり》霧中《むちゅう》の作品群が、そこではともかく或る位置を与えられている。大岡の同時代者としての共感に支えられたその評価に甘えていようとは思わないが、自分の書いたものをひとつの要素として、日本語の詩を自分なりの大きな展望のもとにとらえ直すことが常に必要なので、これまでもそうだったように、今度も大岡は私の内部の詩というものをめぐるもやもやに、或る言葉を与えてくれたようである。

　詩を定義することは私にとってますます困難になりつつあるが、いざ現実に書き始める時には、そんなことがあまり気にならぬものである。それが詩であり得ているのかどうかは不確《ふたし》かでも、美しいものをつくりたいという欲望と、それをつくっていると信じこんでいる時の歓びは、何度でもくり返して私を駆《か》る。

　大岡信、柿沼和夫、曾田昌夫の諸氏にお世話になった。ありがとう。

一九六八年一二月

著　者

あとがきに代えて

問いに答えて1

谷川さんは十七歳ごろから書き始めたんですってね。書くのが好きだったんですか？

字が下手でね、よく母に直されていたから、字を書くのは苦手だったし、書きたいことも特になかった。

じゃあどうして？

詩人を目指していた北川君という友達がいて、彼に誘われて書いてみたのが最初、書いたらそれらしきものが書けた。

何十年も前に書いたものを今、読んでみてどうですか？

たとえば「二十億光年の孤独に／僕は思わずくしゃみをした」なんてところは好きだね。

どこがいいんですか？

理屈で書いていないところ。

一人っ子で兄弟もいなくて孤独だった?

母親に愛されていたから、孤独ってことはなかった。

じゃあなんで孤独という言葉が出てきたんでしょう?

うーん、その頃自分の座標がどこにあるのかってことが気になっていた。日本に生きている日本人だけど、人間は哺乳類の一種で、日本は地球という惑星の上にある、そんな風に抽象的だけど大きな時空の中に自分を位置づけてみると、自分という生きものは自分ひとりしかいないって思うしかない。親兄弟や友人や仕事仲間のうちで感じる孤独とは桁が違う孤独だから、寂しいなんて感情じゃ追いつかない、自分が棲息している宇宙の無限に対抗してちっぽけな自分はくしゃみでもするしかないという、これはユーモアだよね。

実際にくしゃみが出たんですか?

その頃はまだ花粉症はなかったよ。

翌年の一九五三年に出た詩集『六十二のソネット』では書きかたが変わりましたね、何があったんですか?

女性の登場かな。詩集の後半近く漢字の「人」が、ひらがなの「ひと」になっているでしょう。人は人間一般を指しているんだけど、ひとはその頃始まった初めての恋愛の相手で、翌年結婚する岸田衿子さんを指している。

恋愛詩を書き始めたっていうわけですね。

恋愛詩と呼ぶより、一人の女性を通して自分が生きる世界に目覚めたと言えばいいのか、今思うと衿子さんとは社会の中の人間存在というより、宇宙の中の自然存在として接していたような気がする、喧嘩もいっぱいしたけど。

〈今〉という言葉が繰り返し出てきますね。ヒロシマ・ナガサキを経験し、いわゆる冷戦の時代を生きていたのに、歴史的な感覚よりも、無時間的な〈いまここ〉に生きるリアリティを感じていたんでしょうか。

一九五五年に出た『愛について』では、すでに「青空はあれは誰かの脱ぎすてていったシャツの裏ではないか　太陽は消し忘れた灯ではないか」というような行がでてくるから、宇宙より人間社会が問題になり始めていたのが分かる。結婚によって初めて切実に他者と出会い、書くことで経済的に自立して暮らし始めた日々の現実が、詩のスタイルを自然に変えていった。『21』では詩の〈声〉を意識するようになっていて、この頃から朗読も積極的に考えるようになったんだ。ラジオドラマの脚本なんかも書くようになっていたしね。

『旅』の中の「何ひとつ書く事はない」とか「詩人のふりはしてるが／私は詩人ではない」というような行が、話題になりましたね。

自分では何も奇をてらったわけではなく、ふだん折に触れて感じていたことをそのまま書いただけだったんだけど、散文で論じるのではなく、詩で詩について書くようになったのは、当初からあった詩を書くことへの疑いが、詩作品として成り立つような時代背景もあったんじゃないかな。

『落首九十九』は週刊誌の連載でしたね、苦労しましたか？

週に一篇、限られた行数で、時事的な詩を書くというのは自分への挑戦だった。それまで視線は自分の内面に向けられることが多かったけれど、それを自分の外側に向けるという転換。詩に興味を持っていない読者にも、共感してもらえるような詩を書くのは、詩のスタイルを多様にしたい自分にとって一種のトレーニングにもなった。「ごあいさつ」みたいな詩は、十年前の自分には発想できなかったと思う。日常生活とかけ離れたところにあるのではなく、日常生活の中に家具や食器と一緒に存在するような詩のイメージが生まれてきた。

「水の輪廻」は他の詩と比べると、ちょっと異質に見えますが。

水神《みずち》とか流れ灌頂《かんじょう》とか、自分の語彙にはない言葉を珍しく調べて書いたからね。自分が経験していないことも、言葉として面白ければ詩の中で使っていいと思うようになっていた。〈私〉より〈公〉、一人称より三人称、事実よりフィクションへ詩が向かって行った。

著　者

二〇一八年十月

解説

大岡信

目をみはる登場　谷川俊太郎《たにかわしゅんたろう》といういかにも響きのいい名前をもった、ぼくとおない年の青年の詩をはじめて読んだのは、たしか一九五〇年の初冬のことだった。「文学界」に三好達治の推薦文とともに、かれの詩（「ネロ」その他）が掲載されたのである。ぼくはそれを本屋の店頭で読んだ。なるほど、こいつは切れ味のいい詩だな、と思い、おれはこういう風には書けない、と思った記憶がある。「ネロ」にも出てくるように、谷川は当時十八歳だったわけだが、十八歳の青年にしては、かれの詩はすでに明らかなスタイルをもっていた。それは、もっとも目立つ特徴として、じめじめしたところ、感傷的なところのまるでない、一種幾何《きか》学的な清潔さ、無駄のなさという性質をもっていた。この特徴は、その後今日にいたるまで、谷川俊太郎の詩の大きな特徴でありつづけている。疾走《しっそう》する自動車や飛行機やロケットのようなものが、構造上の要求から、もっとも無駄のない形態をとるようになり、その無駄のなさが、新しい美感を生みだしているのと同じようなことが、谷川の青春時代の詩にもつよく感じられる。かれは青春期にある青年のことを、しばしば「青年というけもの」とよんだ。そういうときの「けもの」のイメージは、少なくともぼくには、疾走する自動車や宇宙空間を孤独に飛翔《ひしょう》している人工衛星のようなものと、二重映しになって受けとられる。工業時代の獣。

谷川の詩を読んで、だれもが気づくであろうことのひとつは、今もふれたように、感傷性が非常に稀薄《きはく》な点にあろう。日本の過去の詩人たちのだれかれを思い浮かべてみよう。多くの読者を得てきたポピュラーな詩人たちは、ほぼ例外なしに、青春の感傷に独特の、せつなく美しい形を与えた人々であった。読者の多くも、自分自身の青春の感傷にある種の形を与えてくれる詩を愛読することを通じて、無定形な感傷の支配から脱することができたのではなかろうか。

谷川の詩にも感傷性がないとはいえないが、『二十億光年《おくこうねん》の孤独』の中の、短いがいつまでも記憶にのこる佳品「かなしみ」にあらわれているような感傷は、たとえば萩原朔太郎、たとえば三好達治、たとえば中原中也《ちゅうや》、たとえば立原道造といった詩人たちの詩にみられる感傷とは、非常に質のちがったものである。それはいわば、自分はひょっとしたら、地球という小さな惑星《わくせい》へ置き去りにされた別の天体のみなし児ではないのか、というような、少年にある時期訪れるあのふしぎな遠さにみちた孤独感といったものにちかい。社会の仕組みを知る前に、深く、天体の、あるいは宇宙の仕組みを感じとってしまった少年の、愁《うれ》いを帯びつつ、しかし決して涙で曇ったりしてはいない、孤独でしかも明るいまなざしが、谷川の『二十億光年の孤独』から『六十二のソネット』のころの詩編に感じられる。「孤独」といっても、それは身近な人間同士のあいだで生じる苦悩、迷い、悔恨、愛への渇《かわ》きにみちた孤独ではない。宇宙の広漠《こうばく》たるひろがりの中に浮かんでいる地球という天体、その上で愛しあったり戦争したりして、石器時代から今にいたるまで、とにかく繁殖をつづけてきた人類という種の、時あってふと気づく、種全体としての孤独というようなもの、それが谷川の初期の詩の根本的なモチーフのひとつである。二十億光年の孤独という言葉の意味も、単に少年期から青年期にうつりつつある谷川俊太郎個人の孤独ということではなかろう。むしろ地球人なるものが、この二十億光年のひろがりをもつ大宇宙の片隅《かたすみ》で、時おり感じとる、人類的な孤独感をさしているだろう。谷川俊太郎は、あれらの詩を書きながら、いわば人類を代表して宇宙に相対しているような、心の昂揚《こうよう》を感じていたはずである。そういう点で、かれは過去の日本の著名な抒情詩人たちとは、かなりちがった精神的出発点をもっていたとぼくには思われるのである。

戦後の真の新人　こういう精神的出発を谷川がしたということについては、いろいろな説明が可能であろう。かれが思想家谷川徹三氏の一人息子であり、ある種のひとりっ子の特性として、離群的な性格をもち、たとえば学校での集団行動に本能的な嫌悪《けんお》感をもち、運動会などで競技したり、またそれを見たりすることさえあまり好まず、ライトプレーンをたくさん作ったり短波ラジオを作ることには熱中し、総じて事物や器械のメカニズムに強く惹《ひ》かれ、「おれは詩人なんて職業よりも、街の電器屋になりたかったんだ」などとわれわれにしばしば言い、インダストリアル・デザインの仕事には今でも未練があるというようなことを書くように育ってきたことは、かれの詩の成りたちと決して無縁ではないだろう。あるいはまた、もっと話をひろげていえば、谷川の詩が、さきにもふれたように「人類」意識をとにかくはっきりとうたうことから出発していることは、日本の敗戦後の国家・国民意識の稀薄化《きはくか》という事情と微妙にかかわっていただろう。一方では、原爆に象徴される現代科学の巨大な発展と威圧力が、「人類」という抽象《ちゅうしょう》概念を、一人の少年にとってもきわめて具体的なものにしたということがあるだろう。現代科学がわれわれに示した未来の地球文明の展望のなかでは、日本人であること、アフリカ人であること、ロシア人であることは、「人類」であることとの重要性にくらべれば、副次的意義しかもたなくなるだろうという、新しい人類意識の芽ばえがうながされたが、谷川の詩をそのような観点から眺《なが》めた場合、そこにみられる「人類」という概念のつかみ方には、やはりかつての詩人たちの青春の詩における人間把握の仕方とは異質なものがあったことを認めなくてはならないだろう。そして、こういう傾向は、谷川の場合だけではなくて、戦後に詩を書きはじめた詩人たちには、ある程度共通にみられるものではなかっただろうかということを、ここで書き添《そ》えておきたい。

谷川の一九五〇年代初頭における詩界への登場が、いかに清新なものであったかについては、すでに多くの人が語っているところである。かれの登場は、右にのべたような意味での新しさをもっていた点でこそ、真に戦後の新人あらわる、という印象を人々に与えたのではなかろうかと思う。谷川の詩は、未来にむかって精いっぱいに肯定的な明るいまなざしを向けていた。「ネロ」では、それは「すべての新しいことを知るために／そして／すべての僕の質問に自《みずか》ら答えるために」歩みつづけようとする意志の姿勢として表現されているし、「祈り」では、それは「暗くて巨《おお》きな時の中に／かすかながらもしっかり燃え続けようと／今　炎《ほのお》をあげる」ひとつの「小さな祈り」として客観化されている。それらは、ようやく二十歳になるかならないかの青年の、感傷などのつけこむ余地のない、力いっぱいに生きようとする姿勢を示していた。

一九五〇年代の詩人たちの特質　谷川の登場が清新な意味をもっていたということを、もう少し別の観点から説くこともできる。ぼくは最近書いた戦後詩を概観する文章の中で、谷川をも含め、一九五〇年代に登場した詩人たちの特質について、次のようなことをのべた。

「詩というものを、感受性自体の最も厳密な自己表現として、つまり感受性そのもののてにをはのごときものとして自立させるということ、これがいわゆる一九五〇年代の詩人たちの担《にな》ったひとつの歴史的役割だったといえるだろう。それは、ある主題を表現するために書かれる詩、という文学的功利説を拒《こば》み、詩そのものが主題でありかつその全的表現であるところの、感受性の王国としての詩という概念を、作品そのものによって新たに提出した。その意味で、一九五〇年代の詩は、何よりもまず主題の時代であった『荒地』派や『列島』派に対するアンチ・テーゼとして出現した。（中略）『櫂《かい》』『氾《はん》』『今日』その他の詩人たちから、一九五〇年代末期の『鰐《わに》』に至る、この時代の一群の詩人たちは、感受性そのものを、手段であると同時に目的とする詩、言いかえると、言葉の世界への一層深い潜入ということが詩の目的そのものでありうることを、彼らの詩そのものによって語っているような、そんな詩を書きつづけてきた」

　こういうことを書いていたとき、ぼくの頭の中にあった詩はどんなものだったかといえば、たとえば谷川の『六十二のソネット』であった。ぼくはソネット31番を引いて次のように書いている。

「このような詩は、日本の近代詩において、かつてほとんど気付かれたことのない方法によって書かれているのである。つまりそれは、感受性そのものの祝祭としての詩なのであって、この詩のリアリティは、かかってその一点にある。さもなければ、この詩の第一連四行のような不条理な言葉の進行は、そもそもあり得なかったであろう。論理的な観点からするなら全くあり得ないこのような表現が、にもかかわらず、あるリアリティをもってわれわれに迫ってくるのは、それが感受性の祝祭としてのコンティニュイティ（連続性）を底流としてもっているからにほかならない」

『六十二のソネット』『六十二のソネット』という詩集は、青年のもつ生命力が、とりわけその感受性の局面において、濫費《らんぴ》されつつ美しく言葉に結晶した「青春の書」であり、一人の詩人がその生涯にもちうる最も幸福な時代の記念碑である。谷川自身が書いているところによると（「自作を語る」）、これらのソネット形式の詩は、「ほぼ一九五二年四月から一九五三年八月までの間に」書かれた約百編の中から六十二編だけ選んでまとめられたものである。

「〈六十二のソネット〉は私の青春の書である。自分が典型的な若者であり、かつ自らのその若さに忠実であることが出来たという自負《じふ》が私にはある。それらのソネットの群は、まるで私の若さそのもののように自然に私の中から流れ出た。ある程度の例外を除いて産みの苦しみというものは殆ど無かったように記憶している。起床から朝食までの数十分に、七篇ばかりを書いたこともあった。残念ながら、これは私の才能とは何の関係もない。それを書かせたのは私の天才ではなく、平凡な若さのエネルギーなのである。（中略）〈六十二のソネット〉全体は、大げさにいえば、ひとつの生命的なほめうたである。私の肉体は、一生のうちの最も輝やかしい時期にあり、私の感受性は世界のすべてに向かって最も官能的に開かれていた。私は自らが死すべきものであることを感じつつ、正にそれ故に、今のこの生の喜びと悲しみの瞬間において、自分が不死であることを信じていた」

谷川はここで、自作について非常に的確に語っていると思う。これをもう少しくわしく詩集そのものについて見るなら、『六十二のソネット』は、Ⅰの章、Ⅱの章、Ⅲの章のそれぞれの群で、微妙な変化を示していることに注意する必要があるだろう。Ⅰでは、谷川はまだ、いわば〈たった一人の人類〉であって、『二十億光年の孤独』の地平をなお歩んでいる。Ⅱの章で、一人の「ひと」の影がこの地平にあらわれ、谷川の視線は空と地のあいだを、ややためらいがちに往復する。Ⅲの章では、「ひと」は明らかな愛の対象であり、地の豊かさの証明である。「ひと」を愛することによって、谷川は「世界」を愛し、「ひと」を抱くことにおいて「世界」を抱いた。『六十二のソネット』は、そういう意味では、一人の孤独な宇宙青年の、地への帰還とそのほめうたといった様相を呈することによって巻を閉じているといっていいだろう。

もちろん、上述のことは、厳密な分析というわけでは決してない。六十二編の作品を順次読んでいくと、おのずとこういう微妙な変化を感じとれるということの説明にすぎない。たとえば3番のソネット「帰郷」、31番のソネット、62番のソネットを読みくらべ、その相違について感じとろうとしてみるなら、この点についてぼくの指摘しようとしたことも、たぶん明らかになるだろうと思う。

ここで少し思い出ばなし風になることを許して頂きたいが、ぼくが谷川と知りあったのも、この『六十二のソネット』が出たころだった。たぶん、雑誌「詩学」が開いた「二十代詩人は語る」というような題の座談会で、はじめてかれに会った。ぼくはそういう席へ出るのははじめてで、山本太郎とか中村稔のような、年長の詩人が活発に話しているのにくっついて、何だか断片的なことばかり喋《しゃべ》っていた記憶があるが、もう一人、あまりまとまりのないようなことを喋っていたのが、谷川だった。

その少しあとでぼくが書いた「詩の条件」という詩論を読みかえしてみると、ぼくは自分の詩観あるいは言葉観に非常に近いものをもつ詩人として、谷川を見ていたことがわかる。

『六十二のソネット』という詩集が第一詩集『二十億光年の孤独』よりも劣っているとの一般的見解は、ぼくには全く皮相浅薄な意見としか思えない。『六十二のソネット』を少し注意深く読めば容易にわかるはずなのだが、谷川はここで決して言葉に頼って書いてはいない。むしろ言葉は乱雑に投げ出されているようにみえる。言葉は捨てられているということは、言葉を捨てても摑《つか》みたいものが彼にはあったということだ。それがたとえ彼自身の極《きわ》めて特殊な夢想であろうとも、それは言葉の彫琢《ちょうたく》を忘れさせるほど強く彼に働きかけている。（中略）ぼくには、彼の言葉は乱雑に投げ出され、捨てさられていることとそのものによって、己《おの》れを超えるものに向って祈るような姿を獲得し、すでにそのことによって己れを超えているように思えるのだ」

この『六十二のソネット』論は、今でもぼくの変わらぬ意見としてあるものだ。

「櫂」の仲間と詩劇熱

この当時のことにふれると、どうしても記しておかねばならぬ事柄がある。それは、すでにその名を引いた同人詩誌「櫂《かい》」のことである。一九五三年、茨木のり子、川崎洋の二人によって創刊されたこの詩誌は、谷川、吉野弘、舟岡遊治郎、水尾比呂志、中江俊夫、友竹辰、大岡信といったメンバーを順次加え、一九五五年まで、二年間に十一冊を出して中断、十年後の六五年に復刊した。その間、谷川、川崎、水尾らの放送詩劇熱が他のメンバーにも波及して、岸田衿子や寺山修司の作品をも含む『櫂詩劇作品集』（一九五七）が編まれたりしている。

右にあげた「櫂」同人のだれかれにとっても同様、谷川にとっても、「櫂」の一員であったことは、当時の詩作と切離しては考えられないほどの大切な意味をもっていたと思う。かれは、一九五四年に、「ひと」であるところの岸田衿子さんと結婚し、翌年離婚している。つまり、第一次「櫂」の時代は、谷川個人にとっても、ひとつの「時代」だったのだ。「櫂」の名編集人だった川崎は、第九号（一九五四年十一月）の後記に書いている。

「十月四日谷川俊太郎氏が岸田えり子さんと結婚した。僕達にとってこれでおめでたは吉野弘氏の長女御誕生についで二番目というわけだ。新居は東京都台東区谷中初音町三ノ三三番地である。嗚呼《ああ》」

第十一号（一九五五年四月）の後記はいう。「三月水尾転居。谷川家に未だおめでた無し。川崎氏は大作準備中にて本号欠稿す。舟岡及び中江今春大学卒業見込なるも舟岡は危し。友竹はリサイタルの資金に悩む。以上諸事都合良し」

川崎の後記を引いたのは、「櫂」という雑誌のもっていたある雰囲気《ふんいき》が、川崎の毎号書いた短い後記にまことによく反映していたからでもある。ところで、「諸事都合良し」などと川崎は書いたが、この十一号で「櫂」は何という特別の理由もなしに休刊状態に入ってしまったのだった。あるいは、谷川と岸田さんの別離がそのひとつの要因になったのだったかしら、とも考えてみるが、そんなわけでもなかったようである。むしろ、同人それぞれが、それぞれの理由で多忙になったためだったろう。いずれにせよ、この二年間は、一種の蜜月《みつげつ》時代だった。一か月に一度の同人会は、いろいろな場所で行なわれたが、谷川たちの新居は、成り行き上、たびたび集合場所になり、夜ふけまで話がはずんでとどまるところを知らなかった。そのころは詩劇についての論議がさかんになってきた時期で、谷川は最も熱心にこれを論じ、また書いた一人であったが、「櫂」の集まりでもこれは重要な話題であり、谷川は十号に「詩劇の方へ」という覚え書を発表している。

「詩においてはわれわれは孤独なものであることを余儀なくされたかもしれない。だが、詩劇においてこそ、詩をひとびとのものにかえすことが出来るかもしれないのだ。（中略）われわれはむしろ劇場を利用すべきなのだ。われわれとひとびととのつながりを回復するための新しい様式を生かす場として。われわれが詩において様式を探しあぐねている時、詩劇こそ詩の新しい様式になり得る可能性があるのだ」（傍点原文のまま）

こういう考え方の延長線上に、たとえば「世界へ！」という、かれみずから「アジテーション」と名づけた一種の宣言文がやってくることになる。一九五六年に書かれたこの文章は、当時かなり大きな波紋《はもん》をよび起こしたものだが、谷川はそこで「今日、月に一、二篇、二十行ばかりの詩を書いている詩人などは、彼が如何にいわゆる社会的な詩を書いているにせよ、社会から逃避しているといわれても仕方がない。詩人は、お富さんの悪口をいう前に、何故新しい歌をひとつでも書いて発表しようとしないのか。下らないラジオのゴールデンアワーについて、憂国的な台辞をもてあそぶ前に、どうして一本のミュージカルショウを試作してみる気にならぬのか。云々」と叫んでいる。これはかなり物騒《ぶっそう》な発言であり、実際、物議をかもしもしたのだが、しかしこういう発言の背景をなす考え方は、すでにのべたように、「櫂」の集まりのころから谷川の中では形をとりつつあったものだ。

詩人としての主張　そしてかれは、こういう考え方の基礎をなす彼自身の詩観を、やはり一九五六年に書いた「私にとって必要な逸脱《いつだつ》」というエッセーでのべている。

「詩において、私が本当に問題にしているのは、必ずしも詩ではないのだという一見奇妙な確信を、私はずっと持ち続けてきた。私にとって本当に問題なのは、生と言葉との関係なのだ。（中略）私も、自分自身を生きのびさせるために、言葉を探す。私には、その言葉は、詩でなくともいい。それが呪文《じゅもん》であれ、散文であれ、罵詈《ばり》雑言《ぞうごん》であれ、掛声であれ、時には沈黙であってもいい。もし遂に言葉に絶望せざるを得ないなら、私はデッサンの勉強を始めるだろう。念のためにいうが、私は決してけちな自己表現のために、言葉を探すのではない。人々との唯一《ゆいつ》のつながりの途として言葉を探すのである」（傍点原文のまま）

ながながと引用をくりかえしてきたが、それは、これらの引用を通じて知られるかれの詩観ないし詩人としての覚悟というものが、『愛について』という第三詩集以後の谷川俊太郎の詩を理解する上で、重要な意味をもっていると思うからである。

『愛について』　『愛について』は五部に分れていて、第五の「六十二のソネット以前」を別とすれば、「空」「地」「ひと」「人々」という順序に並べられている。つまりそこには、谷川における愛の展開の序列が示されているだろうということである。かれは、『二十億光年』から『ソネット』を経《へ》て、今や「愛」という主題のまわりに、もう一度「空」の時代、「地」の時代を呼びよせ、それらと「ひと」との関係をたしかめ、さらにかれ自身と「ひと」との関係をたしかめ、やがて、ひとを愛することがひとと闘うことにもなりうる人間的なドラマの世界に眼を開かれてゆくのだ。そこに、「ひとびと」の地平が開ける。そういう自己発見の過程において、「けちな自己表現のため」の言葉ではない、「人々との唯一のつながりの途としての言葉」を探すのだ、という思想がはっきりと谷川自身のものになっていった。このことを見落としてはなるまい。『愛について』を読み進むにつれて、谷川の生活感覚とでもいうべきものが、ときおり疲労の影を帯び、決意や断念によって幾重にも折りたたまれていくような、内側にこもっていく感じがみられるのは、ぼくにはまことに印象的である。かれはたしかにこの詩集において、青春の最初の周期をめぐり終えた観がある。人生は平然と人間を裏切る、ということを自覚したとき、青春の最初の周期はひとつの円環をとじるが、谷川が『愛について』のしめくくりの詩として（「〈六十二のソネット〉以前」の章をのぞけば）「俺は番兵」を置いていることは、そういう点でも意味があるだろう。「夢こそは我が嘘《うそ》のいやはての砦《とりで》」とかれはそこでシニカルな微笑を含んでうたっている。夢は、青春にあっては、もっとも嘘ならざるものであったはずだが、今かれは、夢こそ嘘のいやはての砦だというのである。ここには、人生に見入るかれの眼の内部に生じた、ある重要な価値の転換が語られているだろう。夢はもはや、現実以上に真なるものなのではない。それは現実によって裏切られた人間がかけることを知った特殊な眼鏡であり、幻滅という非物質でつくられた精巧な嘘のレンズなのだ。

谷川が、西部劇の主人公の二つのタイプに仮託して、詩人の内面における〈放浪型〉と〈建設型〉の存在をいい、詩の中で放浪を重ねるのだから、現実生活では積極的に建設型になるのだ、というようになったのは、ほぼこの時期からのことだ。かれが、家庭の建設にはげむという、まあ日本の詩人としてはスキャンダルに類するようなことを言ってのけられるようになった真の理由も、じつはこの、「夢」という嘘のレンズの永続性をはっきりと自覚したからではなかったか。青春の夢の喪失とひきかえに、かれは別種の夢の装置を手に入れた。その装置は幻滅によってさえうたうことのできる装置であり、またシニカルな乾《かわ》いた笑いと、妻や子への愛情の素朴な表白とを同居させることのできる装置であった。

『絵本』『あなたに』『絵本』『あなたに』などの詩集は、谷川のそういう変化を、作品の変化によって十分に示している。現実生活においても、かれはこの時期に新劇女優だった大久保知子さんと再婚し、子供をつくり、『お芝居はおしまい』という芝居を書いている。

『絵本』に収められている詩を書いていたころのある日、かれがノートを見せてくれたことがある。大学ノートに縦《たて》書きで、鉛筆できちんと詩が書かれていたが、消しゴムをそばにおいて消したり書きこんだりしながらこのノートに次々に書いていくのだ、とかれはいった。ぼくはその仕事の規則的で建設的なことに感心した記憶がある。もうひとつ『絵本』で思い出すのは、この変型大型判の詩集には、かれ自身の撮影した写真の挿絵がたくさん入っていて、そのどれもが、人体の一部分であり、あるものは男と女のからみあっている肉体を想像させるようなもので、かれが得意げにしていたものだが、この詩集だけは友人たちにも寄贈せず、売りつけたのだった。それはひとつにはこの詩集が、かれの友人のやっていた小さな出版社から出されたためもあったろうが、かれは、「生活、生活。おれもこれからは心を鬼にして金をかせがにゃあ!」というようなことを宣言して、買うことを要求した。ぼくはどういうわけか、新宿駅の雑踏の中でかれに金を払って本を受取ったように記憶している。

『21』『落首九十九』ほか近作　『21』という詩集は、「今日のアドリブ」一連のジャズ詩と、「詩人たちの村」一連のSF的感触のある詩人群ポートレート集とで、きわだった特色をもっている。ぼくはこの詩集で示されている谷川の技術的な洗練をみごとだと思う。これと時期的には並行して始まっている時事詩集『落首九十九』の多くの詩には、かれのこうした洗練された技術がうまく生かされていて、愛すべき作品が多い。

かれの近作では、「鳥羽《とば》」連作がひとつの峰を形づくっているが、その少し前の作品「水の輪廻」は、かれがこれまでに書いた全作品の中で特異な位置を占める傑作であると思う。ここに漂っている一種の妖気《ようき》は、いったいどこから生じているのであろうか。

日本の風土、歴史の底からたちのぼる、呻《うめ》き声をともなった水の妖気がここにはたちこめている。谷川はこの作品がもっている不思議な力をよく知っているにちがいないが、これがかれのどこから出てきたかについては、かれ自身もまだよくつきとめてはいないのではなかろうか。

本書は、一九六八年十二月に刊行された角川文庫を底本とし、集英社『谷川俊太郎詩選集』（1～4）、思潮社『谷川俊太郎詩集』『谷川俊太郎詩集　続』ほかを参照しました。

改版にあたり、旧かなづかいを新かなづかいに改め、ひらがなの拗促音は作者の了解を得たものに限り、並字を小文字にしました。難読と思われる漢字には、作者の了解を得て、適宜ふりがなをつけました。ただし、三好達治による「はるかな国から——序にかへて」は以上の方法をとらず、旧版どおりとしました。

本詩集の中には、めくら、おし、つんぼ、黒んぼといった、現在では配慮すべき表現がありますが、作品発表当時の人権意識ならびに文学性などを考え合わせ、底本のままといたしました。

（編集部）

空《そら》の青《あお》さをみつめていると

谷川俊太郎詩集《たにかわしゅんたろうししゅう》I

谷川俊太郎《たにかわしゅんたろう》

昭和43年 12月20日　初版発行
平成30年 11月25日　改版初版発行
令和６年 12月10日　改版14版発行

発行者●山下直久

発行●株式会社KADOKAWA
〒102-8177　東京都千代田区富士見2-13-3
電話　0570-002-301（ナビダイヤル）

角川文庫 21294

印刷所●株式会社暁印刷
製本所●本間製本株式会社

表紙画●和田三造

◎本書の無断複製（コピー、スキャン、デジタル化等）並びに無断複製物の譲渡および配信は、著作権法上での例外を除き禁じられています。また、本書を代行業者等の第三者に依頼して複製する行為は、たとえ個人や家庭内での利用であっても一切認められておりません。
◎定価はカバーに表示してあります。

●お問い合わせ
https://www.kadokawa.co.jp/（「お問い合わせ」へお進みください）
※内容によっては、お答えできない場合があります。
※サポートは日本国内のみとさせていただきます。
※Japanese text only

©Shuntaro Tanikawa 1968, 2018　Printed in Japan

ISBN 978-4-04-107669-9　C0192

角川文庫発刊に際して

角川源義

第二次世界大戦の敗北は、軍事力の敗北であった以上に、私たちの若い文化力の敗退であった。私たちの文化が戦争に対して如何に無力であり、単なるあだ花に過ぎなかったかを、私たちは身を以て体験し痛感した。西洋近代文化の摂取にとって、明治以後八十年の歳月は決して短かすぎたとは言えない。にもかかわらず、近代文化の伝統を確立し、自由な批判と柔軟な良識に富む文化層として自らを形成することに私たちは失敗して来た。そしてこれは、各層への文化の普及滲透を任務とする出版人の責任でもあった。

一九四五年以来、私たちは再び振出しに戻り、第一歩から踏み出すことを余儀なくされた。これは大きな不幸ではあるが、反面、これまでの混沌・未熟・歪曲の中にあった我が国の文化に秩序と確たる基礎を齎らすためには絶好の機会でもある。角川書店は、このような祖国の文化的危機にあたり、微力をも顧みず再建の礎石たるべき抱負と決意とをもって出発したが、ここに創立以来の念願を果すべく角川文庫を発刊する。これまで刊行されたあらゆる全集叢書文庫類の長所と短所とを検討し、古今東西の不朽の典籍を、良心的編集のもとに、廉価に、そして書架にふさわしい美本として、多くのひとびとに提供しようとする。しかし私たちは徒らに百科全書的な知識のジレッタントを作ることを目的とせず、あくまで祖国の文化に秩序と再建への道を示し、この文庫を角川書店の栄ある事業として、今後永久に継続発展せしめ、学芸と教養との殿堂として大成せんことを期したい。多くの読書子の愛情ある忠言と支持とによって、この希望と抱負とを完遂せしめられんことを願う。

一九四九年五月三日